わらしべ悪党

和田はつ子

幻冬舎文庫

わらしべ悪党

目次

一　武光まり子夫人の話

川を想わせるその私道は外国車が悠々とすれ違うことができ、道を挟んだ左右の家々は、目白という一等地に居を構えていることが何よりの誇りだった。もっとも、その私道は正真正銘の目白駅を中心とするエリアではなく、大分離れた新宿区下落合にあった。

持ち主は、一時はテレビドラマのスポンサーを独占できるほど景気のよかった石鹸メーカーを営む三重家《みえ》だった。時代に逆行して何人もの家政婦や執事を雇い続けてきた彼らは、この辺りの大地主でもあったが、高度経済成長の波に乗り遅れ、みるみる商いを疲弊させた挙げ句、一番先に切り売りしたのがこの場所であった。あえて私道を造り分譲した三重家は、厳しい条件付きで買い手を募った。

「とにかく大変だったのよ、競争が」

TAKE食品の社長夫人武光《たけみつ》まり子は、この時の自分の奮戦ぶりを話題にするのが好きだった。

「うちの向かいに古びた高い塀の家があるでしょ？　久我《くが》さんがここに住んだ一番乗りよ。同じ東南の角地でもあっちの方が私道にとられる分が少ないから、うちよりも得よね。売る時も高いんじゃない？　でも、まあ仕方がないわ。だって、あの家は三重さんとこの女中頭の娘が航空会社のパイロットと結婚する時、三重さんからお祝い代わりに貰《もら》ったものだそうだから。夫婦して先にここへ陣取らせて買い手を吟味させようっていう魂胆よ。不動産屋泣かせとはこのこと。あたしがどうやって、この夫婦に気に入られて、二番目にこの家を手に入れられたかですって？　そんなの、決まってるじゃないの、うちの人が勢いのある健康食品会社の社長だからよ」

まり子の自慢話はいつもたいして面白味がない上に、繰り返されることが多かった。五十代半ばのまり子は、目鼻立ちのはっきりした個性的な美女というよりも、女優の高峰三枝子のような小作りで古典的な顔をしている。ただし、身体つきはやや太めで顔も含めて肌は浅黒い。これを当人も気にしていて、「色の白いは七難隠すっていうからね」と、朝晩、金メッキのランプ形の容れ物に入った、アモールスキンという高価なクリームを使うのが習慣だった。

日ごと努力はしているものの、夫の勇《いさむ》のゴルフに付き合っていることもあって、肌の色は変わらず黒めであった。しかし、長きにわたるクリームの効能ゆえなのか、まり子の肌は水を弾《はじ》くのではないかと想わせるほど艶《つや》が保たれている。

この浅黒く豊かな肉付きの肌が夏場、惜しげもなく晒《さら》される様子は、特に相手が男性の場合、無邪気な笑顔と相俟って、思わず魅入ってしまうほどであった。

家の次に、まり子が好きな自慢話は女優になり損ねた時のことである。

若い頃、女優にスカウトされたが、当時は家が貧しく、女優になるためのレッスン費用は自前だったがゆえに断念したのだという。語る際のまり子の切れ長の目は、ブラックダイヤモンドのようなぎらぎらの黒い光線と化した。

この日の夜も更けてまり子は、お手伝いの姪、内藤敦子《ないとうあつこ》にこの話を繰り返していた。すでに夕食は済ませていて、今はメイクを落とした後の基礎化粧に余念がなかった。まり子の短い右人差し指がたっぷりとアモールスキンを一掠《ひとさら》い、二掠いして、ゆっくりと顔中に塗りつけていく。

「スカウトなんて凄い」

　卵の白身を泡雪のように仕上げる電動泡立て器の音にかき消されないよう、敦子は声を張って返事をした。キッチンカウンターの中でいちごのショートケーキを手作りしている三十七歳独身の敦子の顔は、感心しきって追従している言葉とは裏腹に無表情だった。もっとも、常にまり子は敦子の表情になど一切関心が無かったが。

「あんたのお父さんはいい男だったけど、生まれてからこの方、お金にはさっぱり好かれなくて、寄ってくるのは女だけ。不器量な女の子ばかり六人も産ませて、女は不器量じゃ、運も開けないからあんたも苦労だったよねえ」

　敦子の父親はまり子の長兄であった。従軍の折に撮られた馬上での写真を見た誰しもが往年の男優灰田勝彦と瓜二つだとほめそやした。ただ渋めのインテリ顔に反して、敦子の父親は競馬、競輪等の賭け事好きな工場労働者にすぎなかった。五年前に死ぬまでまり子のところへ来る時は金の無心と決まっていた。

「賢《けん》さんはいい男だったけど、勘違いの千穂《ちほ》さんはあんなだったから」

　父親を賢さん、母親を千穂さんとしか呼ばない敦子はさらりと呟いた。母親の千穂は女に好かれすぎる夫を失うまいとして、実家に借金までして着飾っていただけではなく、やたら子を産み続けて結核に罹《かか》り、何年も入院していた療養所で後を追うように逝った。

　久々にまり子が実家に帰った際、まだ十歳にもならない敦子が、井戸端や台所で這いずり廻るようにして、まり子の父親である祖父や妹たちの世話を懸命にしていた。その姿を見て、まり子はいたく感心した。そして、その場の思いつきで、夏休みになったらうちへ遊びにおいでと誘った。その頃まり子はすでに勇と桃蔭坂上にある本郷の手狭な一軒家に住んでいた。

　ところが東京見物にやってきたのは敦子だけではなく、妹たちも一緒に押しかけて日々の掛かりが跳ね上がった。敦子は大人しかったが、小さな妹たちは当時まだ珍しかったテレビを見ながらうるさく奇声を上げ続けた。やっと帰りの電車の時刻が迫ってきて、まり子がほっと一息つきかけていると、何と敦子が壁に貼りついて動かなくなった。どうしても帰りたくないという。

　妹たちを先に帰したが、敦子は壁に貼りついたまま次の日の朝まで粘った。まり子は〝可哀想だけれど、うちにあんたを食べさせる余裕なんてないのよ〟と空涙をこぼして見せたり、それが通じないとわかると、ひたすら「帰れ、出て行け」と怒鳴った。いささか疲れてきていたまり子は、早朝、「それほど居たいのなら居させてやったらどうかね」と起きてきた夫の勇に説得されたこともあって折れた。

これが三十年近く前のことである。

以来、まり子たちは敦子とは家族同然に暮らしてきた。祖父や妹たちのために煮炊きに精を出していた敦子を、まり子は働き者である上に料理上手と思い込んだがこれは大いなる誤算であった。敦子の掃除は四角い場所を丸くざっと掃き、整理整頓はまり子に叱りつけられなければ常に適当、料理本を買いたいと言いだすこともなく、テレビで料理番組を見ても倣《なら》って作るようなことは滅多にしなかった。

とはいえ、敦子は時折、手の掛かるショートケーキ作りに夜の時間を使った。特に今の時季はクリスマスが近いせいで三日にあげず作っている。

「さあ、できた。叔母さん、食べる?」

敦子はまり子に対しても敬語は使わない。

まり子のこの日の夕食は鰻重だったが、デザートは別腹である。日頃、鰻屋からはまり子一人が特上を取り、勇と一人息子の勝《まさる》は並、敦子の分は勘定に入れない。敦子はまり子があえて残す、特上鰻重の甘辛ダレのかかった飯だけを食べて終わる。

ただし、サービス価格の肝吸いだけは、敦子の分も注文する。夫の勇が遅くなる日はこれと決めている。

饅重に限らず、寿司、ステーキ、ショートケーキ等の洋菓子類をまり子は好んだ。若い時分、戦争と貧しさで食べ損ねた美味《おい》しいものを堪能せずにはいられなかったのである。特にいちごのショートケーキやチョコレートに目がないのは、見かけによらず一滴も酒を受け付けない体質のせいもあった。

そのせいでまり子はコレステロール値がやけに高い。一応は気にするが、どの食品に多くコレステロールが含まれているのか、勇の弟で医者をしている誠《まこと》にパンフレットを渡されたものの、読む気がしないというよりも、読むことがままならず、自分の部屋の引き出しにしまったままになっている。

それは、まり子の識字力が相当低いからでもある。読める漢字は限られている上、たとえ平仮名だけで書かれているものでも、語彙《ごい》の数も限られているので理解できる言葉は少なかった。戦時下で受けたいい加減な初等教育を、かなり怠けるとこうなるという見本のような存在がまり子だった。

「敦子っ」

厳しい一声を上げたのは階下の照明を点けたおかげで、見上げたシャンデリアのうっすら積もった埃が見えたからであった。

敦子は螺旋《らせん》階段の前までのろのろと進んで来た。中学を出ている敦子はまり子よりは読み書き、計算ができる。時に過大に請求されることもある光熱費の見極めや、まり子の大好きな買い物の支払いチェックは、敦子の秘密裡のお役目であった。敦子はまり子の弱味を握っている。この叔母特有の気性で始終発する激しく厳しい口調にも慣れていて受け流すこともできる。よもやあの時のような凄まじい勢いで、「帰れ、出て行け」などとは言われるはずもないと高を括っていた。

まり子は敦子を見下ろしつつ、シャンデリアを指差した。

「ここ、ちゃんと綺麗にして」

「はい、はい」

敦子が相変わらず緊張感のない受け答えをした時、電話が鳴った。

すでに時刻は午前零時を過ぎている。

「誠さんかしら?」

敦子はわざとらしく眉を顰《ひそ》めて見せた。勇の弟、誠は私立の医科大学の助教授の地位にあるものの、大学勤めでは金に縁がなく、勇はそんな弟に情けをかけて、T

AKE食品の顧問にしていた。誠は広告でTAKE食品のサプリメントをもっともらしく褒める以外、たいした働きもしていないというのに、当たり前のように株の配当金以外の手当を受け取っている。

けれども、まり子は誠に会う時は念入りにお洒落《しゃれ》をせずにはいられない。いかつい顔の夫に似ていないこの義弟が、フランスの俳優アラン・ドロン並みの横顔を持ち合わせていたからであった。

まり子は電話に出た。

「もしもし武光でございます」

まり子の電話での声は常に女らしく高めではあるものの、身構えているかのように硬かった。

「奥様」

「あら、三浦《みうら》さんなの」

三浦明《あきら》はTAKE食品で勇に二十年以上仕えている社長秘書である。長身瘦軀《そうく》で、律儀を絵に描いたようなどことといって特徴のない様子が浮かんできて、まり子は舌先をちっと鳴らした。

「たった今、神奈川県警から連絡がきて、社長が事故に遭われ、横浜市内の聖ペテロ病院に運ばれたとのことです。今からすぐそちらへお迎えに上がります」

三浦は極力抑揚を抑えた声で告げた。

沈黙するまり子に三浦は、

「奥様は何もご心配なさいませんように」と繰り返した。

いつもと違って静かに受話器を置いたまり子に、

「叔父さんに何かあった？」と敦子が聞いてきた。

「あの人、事故に遭ったんですって」

まり子は、自分でも意外なほど醒めた言葉を投げつけた。


まり子は百万で買った、襟と袖に黒いレースの手刺繍《ししゅう》が施されているシャネルの黒いワンピースを着ようと決めた。これほど迷いなく惚れ込んで買った逸品は近ごろではなかった。しかし、この細身のワンピース一枚だとどうしても膨れている腹が目立ってしまう。それで今まで一度も着ることがなかったのだが、冬の深夜なら毛皮で腹部を隠すことができる。まり子は浮き立つ想いで、七十着ほどある毛皮の中からロング丈のミンクを選んで羽織った。

インターホンが鳴り、敦子が門を開けた。

「遅くなりました」

三浦は、タクシーを私道に止めていた。

「あら、うちのベンツじゃないの？」

「すみません、社長の運転手は妻子ともども高い熱を出して、今夜は社長を横浜ロイヤルホテルにお送りした後、お休みをいただいたとのことでした」

三浦は自分の至らなさであるかのように深々と頭《こうべ》を垂れた。勇が一代で築いたTAKE食品は、ダイエット食品や健康ドリンクで売上げを伸ばしてきた健康食品会社である。一社員だった三浦が、社長秘書にまでのし上がったのは、機転力となりふり構わない実行力があったからだった。

まり子は不機嫌そうに後部座席に乗り込んだ。

「それから勝様、誠様にもお知らせしてあります。それと」

助手席に座った三浦が勇の容態を告げようと躊躇《ちゅうちょ》しかけると、まり子は眠たそうに聞いた。

「それにしても、うちの人、何で横浜ロイヤルなんかに出かけたのかしら？　どなたかと会食？」

「小学校の時の同窓会にご出席なさるためでした」

勇は同窓会の後の二次会がお開きになり、店を出てタクシーを拾おうと車道に出て、車にはねられて転倒、意識不明になっているとのことであった。

「あの人、小学生の頃は横浜に住んでたのね」

三浦は言葉を返さなかった。以前、社長夫婦に代わって焼香に行かされたことがあった。その時、まり子は妙に優しい声で、今まで社長代理としてさんざん同じ喪服を着てきたはずだから、そろそろ新調したらと言って金を渡してきた。代理の秘書の喪服さえぱりっとしていなければならないのだから、亡くなったのはてっきり政治家だと思い込んだ三浦だったが、葬儀の場所は自給自足で知られている山間地の小さな公民館であった。故人の名は内藤光三《こうぞう》、内藤はまり子の旧姓なので父親と思われた。

葬儀の参列者たちは擦り切れた野良着姿で、三浦の喪服姿に驚愕にも似た眩しい視線を送っていただけで、一言も話しかけては来なかった。

百万円が入った厚い香典袋を置いて葬儀から帰った三浦が、「奥様のお父様だったのですね」と報告を兼ねてふと洩らした途端、

「あたし、余計な話する人は嫌いなの」

まり子は血相を変えた。

以来、三浦はまり子だけではなく、勇についても出自に関わる話を避けてきている。タクシーのラジオからは、中森明菜の歌が気だるく流れていた。

聖ペテロ病院には勇の弟、誠が先に着いていた。

「ああ、義姉《ねえ》さん。間に合ってよかった」

仰々しくうつむき加減になりながらあわててソファーから立ち上がった。奇《く》しくも滅多にない形のいい鼻が強調された。

毛皮のコートを脱ぎかけていたまり子は、思わず腹部を思いきり引っ込めた。

「うちの人はどうなの？」

案じる言葉であり、この場には合っているものの、まり子の心境からは遠かった。

「それが実は、どうも脳はもう機能していないようなんだ」

「いずれ意識は戻るんでしょう？」

「それが何とも」

「駄目ってことなのね」

「でも心臓は動いている。このまま心臓が動き続ける植物状態もあり得る。これからが山だな」

まり子は腹部を引っ込めたままにするのを忘れずに、ベッドに横たえられている夫をガラス越しに見た。

眠っている勇の表情は装着されている医療器具さえなければ、常と寸分違《たが》わない穏やかなものであった。

「容態がもう少しよくなれば、僕の病院へ移す手配はしてある。僕は朝まで兄さんを看ているから。義姉さんは、ファーストハーバーホテルで待機していてください」

「わたくしも付き添わせてください」

沈痛な面持ちの三浦が申し出たが、

「いいですよ、あなたまでは。身内じゃないんだし」

誠は素っ気なく断った。

「奥様をホテルへお送りした後、ここへ戻ってまいります」

三浦が強情に諦めない一方で、まり子は死の淵をさまよう勇の姿をこれ以上見ていたくなかった。

まり子はファーストハーバーホテルのスイートで少しは寝ておこうとしたが、焦れば焦るほど眠れず、酒が飲めないのでココアをルームサービスで頼んだ。濃厚で芳しい風味のココアを啜《すす》っていると、インターホンが立て続けに五回ほど鳴った。

勇が逝ってしまったのだろうかという考えが脳裏を過ぎったが、ドアスコープから廊下を覗くと息子の勝の赤い顔が見えて、あわててロックしてあった扉を開けた。

「ったく、叔父さんたら酷《ひど》いよ。おふくろにしか、スイートは取ってねえんだからさ。俺には普通の部屋も取ってねえ。いったいどこで親父が死ぬのを待てっていうんだよ」

乱暴な言葉と共に勝がなだれ込んできた。すでに相当の酒気を帯びている。

勝は三流の私立大学の文学部を中退して、画家と自称しながら、ぶらぶらと三十三まで、ひたすら親の脛《すね》を齧《かじ》り続けて暮らしている。酒とギャンブル、ちやほやしてくれる取り巻きと縁が切れず、警察沙汰になりかけたことも十指を超えている。そのたびに勇は三浦を介して後始末に奔走してきた。

「病院、行ってきてくれたのね。そうだ、お腹空いてない？」

「やっぱここはロマネコンティだよ」

受話器を取り上げた勝はルームサービスのボタンを押して注文した。

やがてロマネコンティと共にチーズやカニ等のオードブルが運ばれてきた。

「ほんとは俺、ここんとこインスタントラーメンしか食ってないんだよ。親父の奴、金の有り難みを分かれなんて言って、やけに渋くてさ」

「目白へ来ればよかったのに。お小遣いぐらいなら、いつでもあげるわよ」

「いつも頼ってばかりじゃ悪いかな。なあんてね」

勝は甘えた声を出したが、その実、まり子からの小遣い程度では穴埋めが出来ないほど、さまざまなところからの借金が嵩《かさ》んでいた。

「親父が死んでも、うちって金、あるんだろ」

勝は酔眼を母親に向けて微笑んだ。際立った美男でこそないが、童顔で小柄、華《きゃ》奢《しゃ》な体躯《たいく》の勝には、母性愛をくすぐる魅力はあった。

「そういうこと、お父さん、家じゃ、さっぱり言わないからねえ」

首をかしげたまり子は嘘をついた。今日のTAKE食品の礎《いしずえ》は夫婦力を合わせて築いてきたものであった。特に資金繰りが苦しかった時など、まり子が交渉して銀行に融資を承諾させたこともあれば、税務署の調査員を籠絡して免れた税金を、新しい商品の開発資金に回して大儲けした武勇伝さえあった。

いくら幼い頃の面影を残し続けている我が子の勝が無条件に可愛くても、財産の話はまだするつもりはない。

二　非嫡出子・藤川祐希の話

藤川祐希《ふじかわゆうき》は珍しく人気《ひとけ》の少ない夜道を選んで歩いていた。平塚市内の私立中学に勤める祐希は、期末考査の採点途中の答案用紙の束をしっかり抱えている。

家に持ち帰って採点する同僚たちも少なくなかったが、祐希は職員室の自分の席で済ませていた。それができなかったのは、学校に掛かってきた一本の電話のせいだった。

「お父様が、事故に遭われて重体です」

ＴＡＫＥ食品の社長秘書、三浦からの久しぶりの電話で病院へと駆け付けると、子どもの頃から数えて、数度しか会ったことのない父が瀕死の状態で横たわっていた。三浦が事故の様子と容態を説明してくれたが、同窓会、二次会、路上、追突、頭部強打等、祐希には断片的にしか耳に入らなかった。

　勇は、三十年以上前に母と知り合ったが、婚約寸前で一方的に別れを告げ、その後、何年もして再会した際、燃え上がった炎の結晶が祐希であった。故郷である山梨の片田舎で教師をしていた母は、妊娠がわかるとその職を辞す羽目になり、その後は故郷を離れ、職を転々としながら祐希を育てあげた。

　常に過労気味だった母が風邪をこじらせた急性肺炎で一夜にして死んだのは、祐希がまだ十二歳の時であった。すると、まだ今ほど皺が多くなかった三浦が現れて、母の葬儀の一切を取り仕切ってくれた後、初めて祐希は父勇に会った。

「どうもね、わたしは子どもが苦手でね」

　母を勝手に捨て、なしの礫《つぶて》だった上、母を亡くしたばかりの子どもに、平気で苦手と言ってのけた勇を非情すぎると、祐希はずっとこの言葉を忘れられなかった。

「ここにいるおじさんに何でもねだるんだよ、いいね」と勇に紹介されたのが、三浦だった。その後、三浦の遠縁のところで育てられることになるのだが、時折、三浦が顔を見に来たり、連れられて東京で父、勇に会うこともあったはずなのだが、祐希は初めての時の父の言葉しか強く記憶に残っていなかった。

　時折、新聞や雑誌で見かけるＴＡＫＥ食品社長武光勇の顔も、ギョロリとした大きな目に力が漲《みなぎ》っていて傲岸そのものの事業家に見えた。しかし、今、目を閉じて横たわっている父の顔は意外にも細面で鼻も口も小さく優しい。そんなはかない様子が、亡くなる前の母と重なってしまい不思議にも涙が溢れていた。

「祐希さん、これを」

三浦が紙片を渡したその時、集中治療室の扉が開いた。祐希は紙片を受け取り、慌ててトートバッグに突っ込み、手の甲で涙をぐいと拭った。

「こちらは？」

「藤川さんです」

三浦は誠に紹介した。

「もしかして、兄さんの同窓生の娘さんか何か？　皆さん心配されてるのでしょう。本当にありがとうございます」

女性に対してソフトな饒舌《じょうぜつ》は、誠の持ち味の一つであった。

「こちらは社長の弟さんの武光誠様、お医者様です」

三浦は祐希に向かって、話を合わせてくれと言いたげな表情をみせた。

「とにかく驚いてしまって」

「そうでしょう。わざわざお越し頂きありがとうございます。皆さんによろしくお伝えください」

祐希は誠に一礼して、治療室の前から離れた。これで父をもう二度と見ることができないのかもしれないと思うと、なぜかもうしばらく傍《そば》に居たかった。

帰りの電車に揺られながら、やっと祐希は三浦から渡された紙片を思い出した。

祐希様

社長はすでにあなたを認知されています。ただ、社長の御家族はそのことをまだご存じありません。社長にもしものことがあれば、あなたにも相続の権利が発生します。今まで通り、このわたくしを頼りになさってください。

三浦

平塚の駅に着いた祐希がいつもは避ける人気のない夜道を通ることにしたのは、もう、怖れるものなど何もないような気が突然してきていたからであった。

二十九年の人生で祐希が何よりも怖れていたのは、金がなくなることだった。生まれ落ちてからこのかた、金を得るための闘いを強いられてきたように思った。体が丈夫でなかった母はその闘いに敗れて死んだのだ。だから、自分は勝とうと決めて懸命に生きてきた。初対面の時、父は何でもねだれと言ってくれたが、とうとう何一つねだらずじまいだった。卑しい人間だと思われたくないからである。加えて父だけではなく、誰にも何もねだらなかったのは、断られた時の大きなショックを怖れてのことでもあった。

祐希が預けられていた三浦の遠縁に勇から月々の手当は払われていると知っていても、祐希は大学へ行きたいと三浦にも明かさなかった。それゆえ祐希は教職に就けば返済の義務が生じない奨学金を借りていた。国立大学入学と同時にアルバイトを始めたが、勉強が疎《おろそ》かになった。ジレンマを抱えた挙句、アルバイトの時間を減らし、消費者金融で借りてしまった。最初は順調に返済できたが、何事も計算通りにいかず、たてた返済計画は机上の空論となり、利息だけを返すことでなんとか凌《しの》ぎ、大学を卒業し、就職した。給料取りになっても、金の工面にはいつも苦労した。三十歳を目前にして結婚の二文字に心が揺さぶられることもある。けれども、自分が非嫡出子であること、身寄りがいないこと、借金があることを考えると、その二文字は地球からは決して見えない月の裏側にあるように思えた。自分が認知されていることが分かった今、せめて月の表側に二文字が現れるのではないかと思う。

この時の祐希は暗い夜道さえ明るく見渡せるかのように感じられた。


一方、祐希が病院を訪れる前の昼に、まり子は勇の変わらない様子を三十分ほど見には行ったものの、またスイートルームに戻ってうたた寝していた。勝は既に泥酔してソファーで寝込んでしまっている。とっくに空になっていたのはロマネコンティのボトルだけではなく、ミニバーのウイスキーやブランデー、ウオッカの類も同様だった。酒が飲めないまり子でも、これが息子の悪癖の一つであることはわかっていた。けれども、それを認めたくはなかった。一点でも自分たち一家のマイナス面を認めてしまったら、今まで勇と共に築き上げてきた事業や資産に、何の意味もなくなってしまうような気がした。

「大丈夫、あたしたちにはお金があるんだから」

勇は一命を取り止めても植物状態は免れないだろう。あんな様子で何年も生きられたら、いったい入院費はどれほどかかるのだろうか、生ける屍で永らえるくらいなら、今、あっさりと逝ってほしいものだと思った。まり子にとって、夫の命よりも大事な贅沢は、守りきりたい。

病院から帰る途中でタクシーから見えた、宝石店のショーウィンドウの様子が忘れられない。まり子は宝石に目がなかった。三カラット以上あったピンクダイヤは、銀座の宝石店でも見かけない逸品。勇のことがどうしても頭から離れないからこそ、より一層、宝石の魅力がまり子を放さなかった。深夜にもかかわらず、もう一度あの輝きを確かめたくなって、まり子は宝石店までタクシーに乗った。

三浦から電話があったのは、翌朝七時を過ぎた頃だった。既にまり子は化粧を終えていたが、勝は一向に起きる気配がないので、仕方なく一人で聖ペテロ病院へと向かった。

勇は心臓が止まって間もなかった。

「一時間ほど前に急変してね、あと五分早ければ死に目に会えたのに」

誠が化粧を済ませているまり子の顔を見て、ほんの一瞬その目に非難を込めた。

「勇さんは綺麗なわたしが好きだったんだから。死に際とはいえ、やつれた顔なんて見たくはなかったはずよ」

言い切ったまり子に、誠は苦笑した。

まり子は、まだ生あたたかい勇の顔に触れた。何があっても動じない三浦ですら、唇をかみしめ必死に涙をこらえているように見えたが、まり子にはまだ夫の死が現実のものとはとても思えなかった。

勇と結婚していなければ、今のような優雅な生活はできなかったという感慨はあっても、涙は流れてこなかった。ドアが乱暴に開かれ、酒臭さを漂わせた勝に「お父さん、死んだわよ」とまり子はさらりと言ってのけた。勝の両目は大きく見開かれて潤み、上半身がくの字に曲がるとトイレへと駆け込んで行った。

この後、勇の遺体を運ぶため、誠は病院の裏口に寝台車と共に待機していた。まり子と勝が、三浦に連れられて寝台車のあとに続くベンツに乗るため同じく裏口に向かうと、十人ほどの初老の男女の一団が遠くから見守っていた。

「兄さんは同窓会に出たあと、事故に遭ったから。ああして地元の同窓生の皆さんが送ってくれているんです。義姉さん、勝と一緒に挨拶を頼みます」

誠に耳元で囁かれて、まり子は勝を促して走り寄った。

「このたびは主人がお世話になりました。お見送りいただいてありがとうございます」

まり子はそつなく一人一人に向けて深々と頭を下げ、勝もそれに倣った。安物のピンクのコートを着た最後の一人は、若い女性だった。

「何でも、兄さんの同窓生の娘さんのようだよ。代理で病院にもすぐ駆け付けてくれた」

戸惑っているまり子に、いつの間にか隣にいた誠がまた囁いた。それならとまり子は同じ挨拶を繰り返したが、見舞いに来て、さらに見送りにも来るというのは、代理にしては過ぎた配慮だとこの時は思わなかった。

代わりに、その娘の白うさぎの毛並みを想わせるようなシミ一つない綺麗な白い肌だけが印象に残った。


勇を見送った後、祐希は勤務先へと急いだ。

職員室に入ると机の上には今日をもって退職する八橋京子《やつはしきょうこ》の送別会の報せに、〝期末試験直後なので、皆さん、無理をしないでほしいというのが八橋先生のご意向です〟というボールペンの走り書きが添えられていた。

八橋京子は祐希と同じ国語の教師で、教務主任にふさわしく自分にも他人にも厳しかった。常にどの教師よりも早く出勤して遅くまで勤めていた。試験監督者の着席を認めないというマニュアルを作ったのも京子であった。京子は上顎に大きな八重歯が左右に生えていたこともあって、飲み会で酒が入ると〝あれは鬼婆だよ〟などと陰口を叩く男性教師たちもいた。

女生徒が制服のスカートを折り込んで短くしているのを、校則違反として注意するべきだという京子に、校長のコネで入ってきた若い男性教師が、「それはアイデンティティの侵害ですよ」と反論したことがあった。これについ、その場にいた他の年配の男性教師までが頷いてしまい、京子に「学校はあなた方が好きな飲み屋ではありませんっ」と一喝され、職員室の伝説となっている。

祐希は京子と特に親しくはなかったが、咎《とが》められたこともなかった。指導を仰ぎ、挨拶を交わし合う、淡々としたつきあいであった。普段の祐希なら丁寧ではあるが通り一遍の感謝と労《ねぎら》いの手紙を書いて送って済ませるところだった。何より、送別会の出席には参加費がかかる。欠席する教師の中には会費だけ払って義理を済ませる者たちもいたが、祐希の場合、手紙は節約のためであった。

だが、この時の祐希は鬼婆の送別会に出てみようと思った。父を亡くした今、アパートにひとりで帰りたくなかったからだ。祐希は興奮していた。遺体の見送りをした後、母の宿敵である勇の妻と、最初の対面を果たしたがゆえであった。

送別会は知る人ぞ知る本格的なフレンチの店で、店を借り切って行われた。全教師の三割ほどが集まり、退職後は家業を手伝うという八橋京子への型通りの退屈な感謝と、送別の言葉を幹事から聞いた後、粛々と礼儀正しく、フルコースを口に運び続けた。

その間に、各先生からも何か一言ということになり、祐希が、

「先生、長い間お疲れさまでした。いろいろお世話になりました。どうぞお元気で」

これといったエピソードもなかったので、お決まりの言葉を並べると、八橋は軽

く頭を下げた。

デザートとコーヒーが出て最後に花束と記念品の置時計が贈呈され閉会が告げられると、誰もがほっとして帰り支度を始めた。この後、惜別の余り二次会へと続く場合もあるのだろうが、誰も言い出さずに祐希も会場を出た。

祐希は知らず知らずのうちに帰り道とは反対の方向へと歩いていた。花束をぶらぶらと前後に振っている八橋京子の後ろ姿が見えた。アパートに帰りたくはないが、代わりになる目的も行き場所もない。気がつくと祐希は京子を尾行《つけ》ていた。京子は路地裏を幾つも通り抜けて行く。やっと立ち止まったのは路地の小さな焼き鳥屋であった。祐希は京子の後からそっと中に入った。

顔を赤くした男たちが立ったまま焼き鳥を肴《さかな》に盛り上がっていた。

「はい、お待ち、もも塩、レバ塩、つくね一本ずつね」

かなりの常連なのだろう、まるまると太った胡麻塩頭の店主は、すぐに京子に気がついた。

「お、京ちゃん、しばらく。足の方はもういいのかい？　痛かねえか？」

「これ、もらってくれない？　それからお酒、熱いの、湯呑みで」

京子は花束と記念品の置時計を、客たちの酒の注文に奔走している、店主の妻らしい骨張った体つきの中年女に渡した。

「勿体ない、いいの？　こんなにもらって」

じっと花束を見つめて、もじもじと困惑している。

「いいの、本当に」

「ありがと」

ようやく笑顔を見せた妻らしい女は一度奥へと姿を消して、戻ってくると湯呑みを京子に渡した。

「やっとこれでお役御免になって手術できるんだけど、膝関節が磨《す》り減って痛いなんて、ようは立ちすぎの老化なんだから、元通りにはなんないわよ。必死に勤めて生きて残ったのはこの痛む足と、少しばかりのお金なんだもんねえ。何か堪《たま》んないわよ」

京子は噎《む》せながら湯呑みの酒を飲み干した。祐希は店主や妻らしい女の目に触れないよう、屈んで男たちの身体の林の下に隠れていた。

送別会で〝精一杯勤めてまいったつもりでしたが、我が身を教育に捧げ尽くしたとは言い難いものがございます。教育は尊い使命で教師は日々研鑽《けんさん》でございますから〟と語った京子の目は潤んでいたが、顔には陶酔じみた微笑みが滲んでいた。

どちらも八橋先生なのだろうけれど、この場で見せている先生の涙や言葉は本音で、退職後立ち向かわなければならない現実なのだろうと祐希は思った。声をかけることなどできようはずもなく、そっとその店を出た。

勇の遺体がその後、政治家や経済人などが豪壮にして厳粛な葬儀を催すことで知られている恩国寺に近づくと、後についてきたまり子と勝を乗せたベンツは、手前にある菊花荘へと入った。

「あら、どうして？」

まり子が不審そうな声を上げた。

「誠様がお話があるとのことです」

三浦が助手席から答えた。まだ残っている酒気をぷんぷんと発しながら、後部座席でドアにもたれていた勝が跳ね起きた。

「親父の同窓だっていうだけの奴らに、おふくろと二人して挨拶させられて俺、疲れちまったよ。おふくろんとこでもいいから早く寝たい」

「緊急を要することと伺っています」

「それなら仕方がないわね」

まり子は、勝と同じく今は疲れきっていたが、反対するより従ったほうが楽なので頷いた。

菊花荘は幕末から明治にかけて活躍した爵位を持つ政治家の元別荘であった。気の遠くなるような広さの庭は手入れが行き届き、夏になると蛍が飛び交った。結婚式場の最高峰の一つとしても知られ、メインダイニングルームや和食堂の他に、政治家が料亭代わりに使う、離れの個室が幾つかあった。

三浦はまり子と勝と共にエレベーターで地下階に下り、庭を歩いて二人を個室へと案内した。

待っていた誠はすでにビールを頼んでいて、勝は、ふんと不機嫌そうに鼻を鳴らした。

「いったい、何なの？」

到着早々、苛立ちを抑えきれないまり子に、誠は聖ペテロ病院と印刷されている大きな茶封筒から、数枚の写真を取りだして、よく磨き込まれている輪島塗りの座卓の上に並べた。

「兄さんは車とぶつかった後、頭から血を流して意識不明になっていたそうです。ここ、頭蓋に白い筋が浮き出ているでしょう？　これが頭蓋骨折の痕です」

誠は勇の頭部を撮った画像を見せながら、そこで一度言葉を切った。

まり子はそれが何なのだといわんばかりに強い目で誠を見つめた。

「事故であってほしいと思っているけど」

誠はわざとらしくため息をついた。

「違うのですか？」

三浦が躊躇《ためら》いがちに声を発した。

「親父がまさか殺されたなんてことになったら一興だけどな。TAKE食品のダイエット食品でトラブルか？　なんて新聞に載ったりして」

勝の饒舌を、まり子は睨んで黙らせた。

TAKE食品では一時爆発的な人気だった奇跡のダイエット食品、〝自然の宝〟に翳《かげ》りが出始めている。かつて、飢饉に見舞われていた時に食べられていたという、普段は馬が食する藁《わら》を使った藁餅に着想を得た食品が〝自然の宝〟であった。人は馬などの草食動物と違って植物のセルロースを消化酵素で分解できない。こればかり食べ続けていればたしかに痩せるのだが、エスカレートして、他のものは一切口にしないという若い女性たちが出てきた。彼女たちが食べるのは〝自然の宝〟だけであり、結果、栄養失調にまで至る女性たちが増え、嗅ぎつけた週刊誌の記者から問い合わせが来ていた。

「こんな時だから兄さんの死は事故にしないと」

誠の方は勝を睨む代わりに一旦向けた目をさっと逸らした。

「誠様は、社長に病死の疑いがあるのではとお思いなのですね」

三浦が誠の真意を汲み取って言い当てた。

「聖ペテロ病院では年齢から脳溢血《のういっけつ》を疑い、頭蓋骨折による脳挫傷と脳溢血のどちらが先行したのか、正確な死因を特定するために行政解剖を行うよう、神奈川県警に申し送ろうとしていました。これは加害者の罪の量刑に関わるので、警察は行政解剖に踏み切るはずです。それでわたしは医者仲間を通して聖ペテロの院長に掛け合って、やっと警察への申し送りは断念してもらえましたが、危ないところでした。

これは医者同士ならではの便宜のはかり合いで、わたしが大学病院の助教授だからこそですよ」

やや自慢げに胸を張った。

「社長は降圧剤やコレステロール値を下げる薬を飲まれていました」

「そんなこと金輪際二度と口にしないでほしい」

息荒く言い放った誠はじろりと三浦を睨んだ。

「〝TAKE食品の自然食で医者いらず。健康長寿日本万歳‼〟で今までやって来られたんだ。現に兄さんはそこらじゅうから取材されて、テレビにも出まくってぴかぴかの健康をアピールしていたろう？　そんな兄さんが年相応に成人病の治療薬を飲んでて、脳溢血で死んだなんてことが世間に知られたら、何だあのアピールは嘘だったのかとTAKE食品はあちこちから突かれるよ」

「病院はごまかせても、警察はしつこく聞いてこないでしょうか。社長は事故に遭われる前は二次会に出ておられました。お開きとなって社長を見送った何人かの同窓生が、事故の直前まで一緒だったと聞いています。そちらの方たちへの警察からの事情聴取もあるはずです。大丈夫でしょうか？」

「大丈夫よ、ね、誠さん。それであなた、あたしと勝にあの人たちに挨拶させたんでしょ?」

まり子は誠に笑顔を向けた。

「兄さんはやたらと元気に酒をたくさん飲んでて、ふらふらと車道に飛び出したのは飲み過ぎたせいだろうと皆さん言っていました。本当はもうそのあたりで脳の血管がやられてたのかもしれませんが。あの人たちは警察でもそのように話すでしょうし、行政解剖をしないので、たとえ事情聴取があっても型通りのものになるはずです」

「うちの人を見送った人たちに交じって、若い女がいたでしょう。あの娘はうちの人が運ばれると、すぐに見舞いに駆け付けて、そのうえ見送りにまで来て。普通親の代理でそこまでするかしら? 後から何か強請《ゆす》られたりしないわよね」

まり子は白うさぎの毛並みを想わせる美肌の持ち主を忘れていなかった。

「そういや、いたね、冴えない女」

勝は初めから畳に投げ出している両足を小刻みに揺すっていた。

「考えすぎですよ、義姉さん」

誠は何とか宥めようとしたが、この時三浦はしごく冷静に背広の内ポケットから紙を取りだして広げると、まり子に手渡した。

「何なのよ、これ、いったい」

いつにない不吉さと緊張に苛《さいな》まれつつ、まり子は一度座卓に置いたその紙を、誠の方へと押しやった。

誠はその紙に目を落とすと、

「これは、何のつもりだ」

三浦に向かって怒鳴った。

「それは社長の戸籍謄本の身分事項です。〝昭和四十七年九月五日に、山梨県中巨《なかこ》摩《ま》郡に本籍がある藤川明美《あけみ》の戸籍に同籍する祐希を認知した〟という内容です。社長にはもう一人お子さんがおいでなのです」

三浦は、全員の敵意に満ちた視線を無視し、淡々と事実を説明した。

「そんなことあるわけない」

叫んだまり子は紙を引き寄せると、びりびりと音を立てて破り捨てた。

「そんなことしても無駄だよ、おふくろ。これはさ、ただの紙だけど、今更、認知を取り消せるわけじゃないんだからさ」

勝はまり子が破った紙片を集め、ジグソーパズルのように繋げ始めた。勝はこういうかなり重要な時に、肩すかしにも似た行動を取る癖がある。それが生前の勇をどれだけ失望させたことか。三浦は黙って見ていた。

「それにしても俺にあんなにぱっとしない妹がいたとはねえ。この女は今、何をしているの?」

勝はのん気すぎる口調で三浦に訊いた。

「平塚の私立中学で国語を教えています」

「年齢は?」

「二十九歳です」

「生まれたのが昭和三十五年、認知年月日は昭和四十七年と書いてあった。兄さんに認知されたのは十二歳の時だな」

「社長は死にかけている母親から事情を報されて、その時認知なさったのです」

「他の男の子どもということはないだろうね」

「何種かの血液型の検査では一致しました」

「母親はどんな女だったの？」

個室に飾られた掛け軸を見つめていたまり子は、ほとんど無表情だった。他にもたくさん聞きたいことがあるのに、言葉が続かなかった。

「婚約寸前で破局になった後、教職に就いていて、偶然にも再会された折、このような縁ができたのだと社長から伺っていました」

「こんなにも長い間、あたしたちを騙し通してきたなんて、たいした裏切り者ね」

「わたくしは社長秘書でございます。命ぜられれば、プライバシーも全力でお守りするのが職務でございます。役職にも心にも何ら恥じるところはございません」

三浦は毅然とした口調で、怯《ひる》むことはなかった。

「うちの人へ忠義を尽くしてくれたことには礼を言うわ」

まり子は聖ペテロ病院の裏口で勇の同窓生たちに見せた、謙虚さと見紛う作り物の謝辞を顔に貼りつかせている。一時取り乱して躓《つまず》き、心が手酷く転びかけたものの、まり子は態勢を立て直していた。

その表情の意味を知る三浦は覚悟した。これには見かけとは裏腹の企みが隠されている。

「誠さんもありがとう。あなたのおかげで、TAKE食品も難儀を免れることができそうだものね」

まり子は誠にも礼を言った。

「当然のことをしたまでですよ」

とりあえず誠は微笑んだが、三浦ほど誠はまり子の表情に敏感ではない。思ってもみなかった祐希の出現で、息子の勝は話にならないと義姉にもわかっていて、自分を頼るしかないと思い、内心ほくそえんだ。

「その娘と連絡を取ってるんでしょうけど、まさか葬儀に出すつもりなの？」

まり子はさっきまでとは打って変わった、しごく穏やかな顔を三浦に向けた。

「日程はまだ報せていませんが」

三浦は乞うような眼差しをまり子に向けた。

「三浦さんの気持ちはわかります」

誠は言葉遣いを改めて、

「そもそも兄さんの葬式はTAKE食品の社葬です。これは三浦さんが誰よりもわかっているはずですよ。〝自然の宝〟を根掘り葉掘り調べている、マスコミの連中にかかっちゃ、スキャンダルにされかねません。駆け付けてきたその娘はまだ生きていた父親に会えたのだし、仏になった兄さんの見送りにも来た。これで充分ではないかとわたしは思います」

さらなる信頼を得るべく、まり子の真意に筋を通した。

三浦は誠にも乞う目を向けた。

「まだ、その娘を親族の席にでも座らせるつもりなのっ?」

まり子の詰問に、

「いいえ、ただ焼香なりともと」

「いいえ、絶対に許しません」

三浦に今日限りでクビだと言いかけてまり子はその言葉だけは呑み込んだ。本社はもとより、支社も含めて命令は夫の勇が出していた。三浦がその命令を従業員たちへ伝達し、その命令の結果もまた、三浦が従業員から詳細に受けて勇に報告している。そんな三浦を辞めさせたら、その日からトップダウン経営のTAKE食品は回って行かなくなる。ようは三浦は重役を兼ねた秘書であり、TAKE食品株式会社はTAKE商店でしかなく、大番頭が三浦であった。

「承知いたしました。出過ぎたことを申し訳ありません」

折れた三浦が苦渋の思いで頷くと、

「そろそろ、お開きにしよう」と誠から立ち上がった。

三　お手伝い・内藤敦子の話

まり子はロビーの片隅にある公衆電話へと行き、家で留守番をしている敦子に電話を掛けた。勇が助からなかったことと通夜も告別式も恩国寺で行うことを告げると、

「素敵ね」

電話の向こうの敦子はまずため息を洩らした。それからもごもごと悼《いた》む言葉を重ねたようだったが、まり子にはよく聞こえなかった。

「普通の人じゃ、恩国寺ではなかなかやれないもん。この前、芸能人のお葬式があった時、みんなが言ってた」

自分の栄誉であるかのような口ぶりである。ちなみに敦子が時々引き合いに出すみんなとは、例の私道を挟んで左右に住んでいる屋敷のお手伝いさんたちであった。

そんな中で敦子の口癖は、〝あたしは社長夫人の姪なの、いわば秘書みたいなものよ〟であり、まことしやかに言いふらしてきた。

「新聞に載ると、お友達がお悔やみの電話やお花を届けてくると思うからお願い。それから勝をそっちにやるから寝かせてやって」

「あたしは行かなくていいの？」

まり子の指示には応えず、敦子は早口で聞いてきた。敦子は家でこそ、なりふりかまわず化粧一つしなかったが、まり子のお供で出かけるとなると、たとえ悲しみの席であっても、洋服やアクセサリーなど、まり子からのお下がりで、ごてごてと悪趣味に飾り立てるのだった。そんな自分を結構気に入っている様子で、まり子という虎の威を借りた目立ちたがりなのである。

「好きにしなさい」

まり子ははき捨てるように答えた。

車寄せから三浦が勝と二人でタクシーに乗って帰っていくのが見えた。「義姉さん」なぜか誠がまだロビーに残っていた。

「昼飯を食いそびれて腹が空いたな」

「それじゃあ、別館のエッフェルにごはんでも食べに行きましょう」

菊花荘別館のエッフェルは本格的なフレンチを楽しめる高級レストランであった。天才と称されるパティシエにしてシェフで、一気にフランス料理を世界一の格式にのし上げた、十九世紀に生きた料理人アントナン・カレームの流れを汲んでいる。

二室ある個室には、アントナン・カレームの人気を不動のものにしたピエスモンテ、大聖堂を模した砂糖菓子の復元と肖像画が飾られている。

誠は個室の食卓を挟んでロココ調の瀟洒《しょうしゃ》な椅子に座り、義姉と向かい合うと、オーダーを取るべく控えていた黒服に告げた。

「話を先にしたいので、しばらく食前酒だけで一時間ほど待ってほしい」

早速食前酒のドライマティーニと下戸のまり子にはノンアルコールのシャーリー・テンプルを運んできた黒服が個室の扉を閉めると、

「兄さんが急に亡くなるなんて。でもこうやって義姉さんが僕を頼ってくれているのは嬉しいな」

誠はほっと息をついた。

「義姉さんのショックや怒りはよくわかる。よりによって、兄さんはどうして、昔の女との間に子どもなんて作ったんだろう。義姉さんというものがありながら全く呆れるよ」

「婚約間近の女がいたのは覚えているの。だからわたしは会いに行って、勇はもうわたしのものだから別れてくれと言ったのよ。すると、その女、察しがよくてごたごた言わずにすぐ身を引いたわ。その女のこと、美しい思い出になってたのよ」

「義姉さんと別れてそっちと一緒になる気はなかったようだ」

誠は兄夫婦の絆を讃《たた》えたつもりだったが、まり子は当然だと言わんばかりにふんと鼻を鳴らした。

この義姉なら話し合いは泥沼化して、不貞を働いた兄への離婚の条件は天文学的な慰謝料請求になりかねないと、兄は危惧したのだろうと誠は思った。ＴＡＫＥ食品は創業以来、ずっと快進撃を続けてきてはいたが、新製品の開発や宣伝費への先行投資あっての優良会社であった。

「十二歳でその娘を認知してるってことは、それまで一切つきあいがなかったんだと思いますよ。男にはありがちなちょっとした過《あやま》ちだよ。相手ももう亡くなってることだし」

「とっくに死んだ相手の女も、生きているその娘も絶対許すことなんてできない。もちろん、ビタ一文分けてやろうなんて思わないわ」

まり子の目がきらっと刃物のように光り、疲れているはずの顔が異様に輝いて見えた。それを正面から見た誠は背筋のあたりが寒く感じられた。あれほど仕事に豪腕だった兄が、家ではほとんど書斎に籠《こ》もったまま出てこなかったのも、多額の買い物や海外旅行などまり子の馬鹿げた浪費を咎めることが一切できなかったのもこのせいだと誠は確信した。理屈では説明できない、そばに寄っただけで襲いかかられ、こちらの神経がずたずたに引き裂かれそうな、この義姉ならではの独特の強い情念と我欲ゆえの怖さ。この女の心には容赦なく相手の息の根を止めて血肉を食らう猛獣が飼われている。

そのせいで誠は勇の遺産相続のことを持ち出せずにいた。TAKE食品に貢献してきていて、今回は身内ならではの仕切りに粉骨砕身したことだし、せめて、自分への形見は相続対象となる勇の持っていたTAKE食品株五一％のうち、二一％が欲しかった。代表になるには自社株の半数以上を持つ必要がある。誠の持ち分は現在三〇％、二一％を貰えば代表になれる。助教授の誠はすでに教授になることは断念していて、TAKE食品の経営に加わることで、新しい道を切り拓きたかった。やがて訪れる高齢化社会を前にして、誠の専門である腎臓内科の一端である透析病院のチェーン化をTAKE食品の看板と信用で展開したいという大望があった。

「兄さんの代わりに勝を見守りたいと思ってるんですよ」

誠はこの言葉で代表の短期リリーフを申し出たつもりだったが、

「会社も資産もうちの人と一緒に汗水垂らして築いてきた、大事な財産だもの、全部わたしが守っていかないと」

まり子はシャーリー・テンプルに酔い痴れたかのように艶然と笑った。

法律上そんな無茶はできないのだと言わせない迫力があった。

「だったら、これからはあの三浦にも注意しないと。兄さんの仕切ったこととはいえ、あの娘に情を移しているように見えたからね。恩国寺での社葬もあいつに任せっぱなしにしない方がいい。僕も手伝うよ。ああ、それから偲《しの》ぶ会のパーティーはここで催した方がいいな。僕は宴会場係のトップをよく知ってる。海外からの出席者が多い学会でよくここを使うからね」

矢継ぎ早に、誠はまり子へ提案した。

「条件付きなら偲ぶ会もいいわ」

「条件？」

「家が近いからここへはよく来ているの。シーフードサラダにコーンスープ、平目のグラタンにヒレステーキ、食べ放題のお寿司の大盛りにいちごのショートケーキ、バニラアイス、最後はプティフールとコーヒーでしめる、わたしたちのためだけのフルコースが贔屓《ひいき》なの。これ、まり子フレンチとも言うのよ。偲ぶ会には是非、それを出してもらってちょうだい」

「聞いてるだけでも美味しそうだな、もちろんそうする」

誠はうなずきながらも、夫の死にまったく悲しそうなそぶりを見せないまり子の様子が気になった。

「それじゃ、今日はその試食をなさいな」

まり子は立ち上がって個室のドアを開けた。

エスカルゴの大蒜《にんにく》バター焼きとノルウェー産のスモークサーモンの軽い前菜で、好きなワインを楽しもうと思っていた誠は当てが外れた。

「ね、美味しいでしょ」

誠はまり子の食欲に圧倒されつつ、運ばれてくる目の前の料理に取り組んだ。まり子ほど休みなく食べ続けられないので、しばしナイフとフォークを止め、壁に掛かっているアントナン・カレームについて語った。

「アントナン・カレームはパリの貧民街に生まれて家は子沢山だったんだ。ある日、これは順番なのだと言われて父親に町中で捨てられたんだけど料理屋に拾われたのが縁で、最後にはヨーロッパの王家からひっぱりだこの超一流料理人になった。当時の調理はオーブン代わりの釜を石炭で焚いたので、晩年のアントナンは重い肺の病に苦しんだんだよ。死んだのは四十八歳、今では短命のうちに入る。それに比べて――」

兄さんは還暦を過ぎていたのだからカレームよりはよく生きたと続けようとすると、

「嫌ね、そういう話」

まり子が初めてナイフとフォークを止めた。

「悪い、つい兄さんと比べてしまって。義姉さんからしてみれば、もうそこそこ年《と》齢《し》だったんだから仕方がないと諦められるものじゃないよね」

誠があわてて詫びの言葉を口にすると、

「うちの人のことじゃないわ。わたし、どんなに偉い人の話でも、元はどうしようもない貧乏だったっていう、その手の話、一切聞きたくないの。このヒレステーキ美味しいでしょ」

まり子はくだけた口調で、少しおどけてみせた。

まり子が誠に送られてタクシーで家に戻ると、

「まっちゃん、まだお休みよ」

玄関口で迎えた敦子は勝手口の方を指差した。裏門を入った勝手口から続く狭い階段の上が勝の部屋になっている。そこは六畳、三畳の二間の部屋で、ユニットバスの他に簡単なキッチンも付いている。ただ、勝は狭すぎると文句を言い続けて半年でここを出てしまった。

「勝の喪服は用意してある？」

「お祖母《ばあ》ちゃんの時のならあるけど」

お祖母ちゃんというのは勇と誠の母親、まり子の姑《しゅうとめ》に当たる人物である。この姑は勇とまり子の結婚に強く反対したものの、とっくに亡くなっていた舅《しゅうと》の貯えを無くした後、晩年の病院暮らしは全面的に勇に支えられた。姑は勇に頼るようになってからというもの、まり子をお義姉さんと呼び続け、まり子はお祖母ちゃんと呼んだ。これを敦子も真似ている。

「サイズは大丈夫？」

思えば姑が死んだのは十年以上前であった。名ばかりの株主ではあるものの、社員ではない勝が喪服姿で会社関係の弔問などしてきたはずもなかった。

「あの子に着せてみた？」

「言おうとは思ったんだけど、まっちゃん、あの頃に比べれば太ったかな」

敦子は姉のように勝に接してきた。今でも顔を合わせれば何くれとなく世話を焼きたがり、敦子を敦ちゃんと呼ぶ勝も嫌ではない様子だった。

「ったく、役立たずね」

まり子に罵倒されて、敦子は押し黙った。まり子がすぐに有楽町にある太蔵デパートの家庭外商へ電話をかけると、武光家を二十年以上担当し続けてきて、半年前に外商部長に昇進した田中富治《たなかとみじ》が出た。

「このたびはご愁傷様でした。こんな時に騒がしくしてはとは思いましたが、こちらでお役に立てることがあればと、敦子さんにお伝えしておきました。お疲れではありませんか？」

待ち構えていた相手は過不足なく、まり子の苛立ちをなだめるかのようにきっちりと応対した。

「勝の喪服をお願い。明日の通夜に間に合うようにすぐ届けて。もちろん、身体にぴったりのものでないと困るわ」

「わかりました。幾つかサイズをお持ちいたします。裾はサイズを合わせてからその場で上げさせますので、係の者が共にお邪魔いたしますが、よろしいでしょうか？」

「ああ、よかった。ありがとう。富ちゃんいつも頼りになるわ！」

受話器を持ちながらまり子は笑み崩れた。

二時間もすると、ワンボックスカーで駆け付けた田中たちは、勝が意外と素直に何度か脱ぎ着を繰り返した後、運んできた卓上ミシンで裾上げを済ませた。

父を見送った翌日は、祐希にとって月に一度の研修日とされている有休であった。路地裏の焼き鳥屋で八橋京子の本音を聞いた時、祐希は自分の中の何かが音を立てて崩れるのを感じた。けれども、それはそうは高くも大きくもない積み木の塔のようなもので、崩れた後は一種吹っ切れた思いであった。

この時、鬼婆と呼ばれた八橋京子の姿が頭の中でぼんやり浮かんできた。私生活を語らず、飲み会はもとより、女性教員たちの食事会にさえ参加したことがなく、服装や持ち物、弁当のお菜はみすぼらしさぎりぎりの独身のまま教員生活を続けていた八橋京子に、祐希は何十年か後の我が身を重ねていた。祐希は八橋京子ほど役職に就きたい懸命さはなかったが、同じ匂いを感じ当てていたのだ。

それでもまり子に対面しただけでは、八橋京子の送別会には出向かなかったように思う。まり子が身につけていた毛皮やバッグ、ワンピースが高価だと一目でわかる物だったからではない。高価な装飾品に引き立てられているのではなく、逆にそれらを価格以上に輝かせているのがまり子自身だったからだ。そして、真のまり子がどういう人物なのか、全く見当がつかない。あの謙虚そのものの様子、声音や頭の下げ方、どんな役でもこなせる女優に、名演技を見せつけられているようだった。

容姿だけならやつれる前の母の方がまり子に勝っている。けれどもまり子には、婚約しかけていた男を、相手から奪い取るだけの曰く言い難い魅力があった。そもそも母が敵う相手ではなかったのだ。

まり子のせいで、祐希は母が天職と決めていた教職への執着が萎えていった。残るは母よりも格段に強く、それゆえに鬼婆教師人生を全うした八橋京子への敬意と想いだったが、飲み屋で洩らされたあの言葉で、祐希の教職と将来へのロマンは完全に打ち砕かれた。

家にいても、まり子の強烈さにばかり考えがいってしまうので祐希は外に出た。向かいの喫茶店で朝食と昼食を兼ねたサンドウイッチと珈琲を摂りながら、おいてある新聞に目を通した。冷蔵庫で乾ききった残り物を挟んでいないサンドウイッチはパンが柔らかく、中身のハムや卵の風味が生きていた。

三浦からの連絡はまだ無かった。いずれ自分のことをまり子も知るだろうけれど、もうとっくに知っているという可能性もあった。何よりの屈辱は祐希が身内だと知った際に無視されてしまうことだった。そんな存在はどこにも無かったかのように通夜や告別式を報せて来ないなんてことが起きたら、

「冗談じゃないわ」

　祐希は前の席の人が驚いて振り返るほどの大声を上げた。訃報欄に父の名前があるのを見つけたからだ。

「すみません、新聞を読んでて腹の立つ記事があったものですから」

「昨今はそういうことばかりですからね」

　年配のくたびれた営業マン風の男は頷いてくれた。

　新聞の訃報欄で知った通夜の時刻に間に合うように、祐希は喫茶店を出た。アパートで荷物をまとめ、電車を乗り継ぎ表参道で下車した。通夜に参列するための準備を始めなければと思った。半年も切っていなかった髪をまずはどうにかしようと思い、何軒もまわってやっと見つけた青山骨董通りの美容院に落ち着いた。もう何年も前から原宿から青山にかけては有名美容院が立ち並んでいた。

　常に長く伸ばしていて一括りにゴムで縛っている自分の髪を何とかしなければならない。まり子は、手入れの行き届いたブラウンに染めた艶やかなショートヘアが似合っていた。

「ヘアのカタログ本とか、週刊誌、何かお持ちですか？」

煙草臭い小柄な初老の男が座っている祐希の背後に立った。美容院には滅多に行かない祐希が、えっと当惑の目になった。

「昔は皆さん、わたしのカット目当てでいらしてくれてたんですが、今はそうでもありません」

このあたりの美容院はどこもハイセンスに違いないと思っていた祐希は、「お任せします」と一度は応えたものの不安になり、「長さもですか?」と念を押されると、「肩ぐらいに揃えてください」と自信なさそうな返事をした。結局、元と大して変わらない仕上がりになった。

いつも倹約を心がけている祐希にとっては、高すぎる出費だったが、お金を使うことに勢いがついたのも確かだった。

この後、青山、赤坂と歩いてデパートの喪服売り場とは異なる、ブラックフォーマルにも使える黒いワンピースを探しまわったが、レースがあしらわれていたり、透けた素材が多く、ウール地のものは形がカジュアルすぎて適さず、結局見つけられなかった。今の私立校に就職した年の冬の賞与で買い求めたサマーウールのアンサンブルを、ボストンバッグに入れてきてよかったと祐希は胸を撫で下ろした。

平塚駅前のATMで下ろしてきた現金は二万円ほどであった。これだけあれば二泊することができるだろうと、六本木駅近くのビジネスホテルに飛び込んだ。宿泊代を聞いて驚いたのは、とてもそれだけの価値がここにあるようには思えなかったからであった。多少迷ったがやはり泊まることに決めた。

美容院といい、ブティックといい、時折、目にする女性誌が、ここぞ流行の発信源だと大騒ぎしている。けれども実際はさほどの技でも品でもないのに高いだけ。だが、これにはきっと自分の知り得ない付加価値があるに違いない。そしてそれはあの女優のような女が享受してきたはずの絶大な価値でもあるのだろう。それに与《くみ》しなければ、彼女の前で、わたしは藤川明美の娘ですと、大きく胸を張ることなどできはしない。祐希はそんな思い詰めた気分で、こればかりはどこでも値が変わらない、マクドナルドのチーズバーガーで夕食を済ませた。

通夜の日、まり子は昼食もそこそこにバスルームに設置してある、美容院にあるのと同様のシャンプー台に乗った。

まり子はカットとヘアカラーは美容院でやってもらうが、シャンプーだけは敦子を専従にさせるべく仕込んだ。シャンプー後、地肌に少しの痒みでも残るのが嫌だったからである。

美しい髪型の決め手となるセットは、毎回まり子が自分で行う。段にカットしてゆるくパーマがかけられている短髪を、丁寧なピン使いでセットしていく。ピンの数、毛の掬《すく》い方、留め方、全てにまり子流の決まりがある。いったい、何回これを繰り返してきたか見当もつかない。おかげで自分の髪型を作る技は超人並みの上手《うま》さだと、まり子は自負している。セットした後、ネットを被り、シャンプー台の隣りに設置してある、美容院のものと変わらないスタンドドライヤー、通称お釜に入った。

この後は螺旋階段を上がってすぐのドレッシングルームで仕上げをする。まり子は化粧していない顔だけではなく、セットしていない髪さえも、敦子以外には誰にも見せたことがなかった。その敦子にも仕上げの手伝いはさせない。

三十分ほどして、ウイッグにさえ見える艶やかに盛り上がった豊かな髪型が出来上がった。この髪型がアイシャドウとアイラインに凝った、やや濃いめの化粧と相俟って、目鼻立ちのそう大きくない顔をエキゾチックに見せる。階下に下りて行く

と、

「叔母さん、綺麗」

感嘆した敦子も支度をすませていた。クリームをつけないせいで、ファンデーションが荒れた肌になすりつけたかのように浮き上がり、頬紅は少々赤すぎた。敦子の唇は薄すぎるのですでにもう口紅がはみ出ていて見苦しい。着ている喪服は常に十着は下らないまり子のお古のワンピースで、ツーサイズ分ほど大きかった。

以前から、さんざんまり子は敦子の身形について文句を言っていた。

「髪をとかしてるの？ 肌の手入れぐらいしてほしいわ。今時はお手伝いさんたちだってあんたより身綺麗よ。わたしだって友達の手前、そんな形《なり》でここにいられたら困るのよ」

まり子らしいぐさりと胸に突き刺さる叱責《しっせき》が繰り返されたのだが、そのたびにしくしくと敦子は泣いてみせ、

「どうせあたし、叔母さんのようにはなれないから」

殊勝にも、開き直りにもとれる言い訳をして、冬に夏物を着たり、ちぐはぐな取り合わせを続け、肌の日々の手入れなど決してしようとはしなかった。

「好きにしてとは言ったけど、やっぱり通夜にあんたは出なくていいわ」

まり子は煩わしさを晴らすかのように強く告げた。普段は家事一切と自分が不得意な郵便物の整理を任せている手前、仕方なく秘書という名目で後ろを歩かせているが、大事な社葬で未亡人に注目が集まる折まで、野暮ったい敦子に付いていてほしくはなかった。

「まっちゃんからあのこと、叔父さんの隠し子のこと聞いた」

敦子の声が震えてその目が潤んだ。

「だからあたしも行きたい、行かせて」

敦子は声を振り絞った。

「あの娘は来ないわよ」

小さい頃帰らないと言い張った敦子の強情さが垣間見え、まり子は語勢を強めた。

するとそこへ勝が階段を下りてきた。

「新聞に出たんだから葬儀の場所わかってんだし、俺はあの娘は来ると思うよ。俺があの娘なら行くな。これからの美味しい相続のための敵情視察にさ。俺たちと一度も会ったことのない、親父の血を引いた娘ってだけで、他人みたいな女がのさばるんだったら、敦ちゃんの方がおふくろと血も繋がってることだし、ずっと長く俺たちと一緒なんだし、あの娘よりよっぽど出るのにふさわしいよ」

「まっちゃん」

感極まった敦子はわっと泣きだして、まり子は途方に暮れた。

まり子と勝がまだ言い争っているうちに、敦子は買い物用のジャンパーを羽織ると、まり子に黙って外へ出た。買い物用と言ってもまり子のお古なので上等な品なのだが、敦子が着ていると薄汚れた廉価品にしか見えない。

吹きつけてくる北風に耐えながら歩いていると、久我家の飼い犬が吠えているのが聞こえた。武光家でも柴犬、コリーと続いた後、スコッチテリア、チワワ、シベリアンハスキーと絶え間なく犬が飼われてきた。

まり子にとって犬はお屋敷の必須アイテムだった。武光家の犬たちは、銀座のペットショップやブリーダーから買った血統書付きの犬から、近所の医者や会員になって通い続けているスパの友達から貰い受けた子犬たちまでと貴賤入り交じっていた。

敦子は幼い頃から妹たちやペットの世話を厭《いと》わなかったが、武光家で暮らすようになってからは雑種や血統書のない犬を疎ましく思うようになった。勝が小学生の頃、拾ってきた子犬をまり子が飼ってはならないと叱って、捨てられていた場所に戻させた時もまり子に同調こそしなかったが、飼ってやってくださいとは言えなかった。

つい半年ほど前に死んだ、血統書付きだった高齢のハスキー犬の病院通いが頻繁になってきた時、敦子はまり子が貰い受けてきた雌のチワワを出入りの犬好きな大工に押しつけた。

敦子は自分と同じように不器量な、安倍川餅の色をしたチワワが一目見た時から嫌いだった。昼間、隙を見ては膝の上に乗ってきて、猫のように丸くなった時の生暖かさも、夜、トイレに立つ時にドアが開けられる瞬間をじっと待っていて、さっと敦子の布団に潜り込んでくるいじらしさも、好きではなかった。小刻みに震えて、可愛がって、可愛がって、愛して、愛してと迫ってくるようなのが堪らない。その点、雄のハスキーは若い頃こそ、敦子のスカートに頭を突っこんで嗅ぎ廻ったりしたけれども、たいていは敦子の方が大きな犬に顔を近づけてぺろりと舐められたり、逞しい背中にもたれて泣いたり、笑ったりして話しかけていたものだった。

亡くなった叔父の勇は、幼い頃に野犬に嚙み付かれたことがあって犬嫌いだったと敦子は思い出した。もっとも敦子は勇が生きている頃から、この叔父を気にもとめなかったが、一度だけ中学を卒業したお祝いにプレゼントをしてくれたことがあった。

「学校へ行かなくても学べることはある。これを読んでみなさい。まり子たちと観に行った芝居の本だよ。わたしは行けなかったが、まり子が大感激していた物語だし、読んで感じたことを日記につけてみてはどうかね」

〝風と共に去りぬ〟という小説と日記帖を勇は敦子に手渡した。作者はマーガレット・ミッチェルとあった。

正直、読書をしたことのない敦子には芝居で一度観たとはいえ、〝風と共に去りぬ〟は難物だった。けれども、ヒロイン、スカーレット・オハラの決して美人ではないという一節と、男たちを虜にするたいそう魅力的な様子がまるで、叔母のまり子のようで、歴史的な描写は飛ばしつつ、少しずつではあったが読み進められた。少しばかりの感想も日記につけてみた。

しかし、敦子がテレビの前に忘れた読書日記と〝風と共に去りぬ〟をまり子が見つけた。日記には不美人だが素敵なスカーレットは叔母のようだと書いてしまっていた。

「道理でここのところ、掃除や洗濯がおざなりのはずだ。こんな馬鹿なことをしてサボってたなんて。言っとくけど敦子、おまえみたいな空っぽの頭じゃ、こんなことしても時間の無駄だよ。一円にもなんない。おまえはわたしの言うことさえ聞いてれば、ずっといい思いができるんだから。それでいいんだから」

この時まり子は初めて小遣いをくれた。

日記は捨てられ、〝風と共に去りぬ〟は敦子の部屋の押し入れの中で埃を被り続けている。敦子は放送されたテレビの洋画劇場でも〝風と共に去りぬ〟を観た。主人公のスカーレットを演じていたのは自分のように不器量ではなく、まり子にも似ているとは言い難い、絶世の美女ヴィヴィアン・リーだったし、紆余曲折を経て結ばれる相手は、ダンディで颯爽としたクラーク・ゲーブル扮するレット・バトラーであった。敦子はあの時〝風と共に去りぬ〟を読むことを止め、日記を捨ててもらってよかったと思った。所詮、小説は小説、ドラマはドラマなのだから、絵空事の過剰な期待などしてはいけないのだとも——。あの日記と〝風と共に去りぬ〟が敦子をまり子の縛りから抜けさせる、唯一のチャンスであったにもかかわらず、敦子は一切後悔などしていない。

まり子が気まぐれでくれる高価な古着や小遣いも含めて、敦子は今の暮らしぶりに満足していた。ファッションセンスが悪いのは、新品を買わずに、いつでも古着を組み合わせているゆえなのだが、何とかしろと叱りつける叔母に口答えをする気などなかった。まり子のずけずけした物言いも、勝が言ってくれた通り、娘同然だからなのだとも思えた。

「でも、あたしはあの娘じゃない」

歩きながら敦子は声に出した。勝が使っていた相続という聞き慣れない言葉が頭の中を巡っている。勝によれば勇の血を引いている上、認知とやらがされているのであの娘にも取り分があるらしい。

〝風と共に去りぬ〟のような幾つもの大捻りがある恋愛話さえも信じなくなっている、もうそれほど若くない敦子には、まり子との現実しかなかった。叔母の恩恵で叔母だけを信じて生きていくことに抵抗はない。叔母のお供で買い物に出かけて行く時も、荷物持ちを兼ねた敦子は一歩後を歩いている。叔母のようになりたいと思うのは過ぎた夢だとも自戒していた。

けれども、それとあの娘の出現は別だと敦子は思っている。勝によればあの娘が相続を放棄でもしない限り、勝の取り分がかなり減るという。この時敦子はチワワに感じたのと似たような憎しみを、会ったことのない勇の隠し子に重ねていた。可愛がって、愛してはあたしの専売特許よ。

敦子が武光家に戻ってみると、すでにまり子と勝は恩国寺での通夜に出かけた後だった。自分はやはり取り残されたのだと思うと敦子は泣けてきた。

四　三姉妹の話

　恩国寺は近くに商店街も飛び抜けて高い建物もなく、すっきりはしているのだが、緑の乏しいこの時季、葉を落とした銀杏《いちょう》並木が何とも陰鬱に見えた。

　ただし、恩国寺の中は弔問客で溢れていて、祐希は長い列に並んで、果てしなく続く読経を聞きつつ焼香の時を待った。祐希のところからは僧侶の後ろ姿が何とか見える程度で、特上であるはずの祭壇も故人の遺影も遥か遠くであった。ずっと棺の近くに座り続けることができる親族への対抗心が、ふと芽生えて祐希は唇を強く噛んだ。

「長くかかりそうね」

「姉さんの一世一代の大舞台だもの」

「でも、あんまりよね。弔問客として、他の人と同じように並んで焼香しなさいなんて。わたしたち、親戚じゃない」

「そうね。間近で勇義兄《にい》さんにお別れがしたかったわね」

勇の名が呟かれたところで祐希はすぐ後ろを振り返った。どこか面差しがまり子に似ている四十代半ばから五十代の女性たちが三人、寄り添うように立って数珠《じゅず》を手にしていた。

まり子の妹たちだと祐希は察して聞き耳を立てた。

「さっき、電話したら敦ちゃんが出て泣いてたわよ。姉さんにお通夜に出てはいけないって言われたって」

上背があって恰幅もよく、ショートヘアが似合い、顔立ちが一番まり子に似た一人が切り出した。

「敦ちゃん、わたしたちの後、ずいぶん姉さん夫婦に尽くしてきたのにね。ちょっと可哀想」

垢抜けないアップスタイルの女は声の方が姿より良かった。

「思い出すわよ、姉さんにお世話になってた頃、義兄さんに毎日、靴下履かせてたのわたしよ。髪を洗ってあげたこともあったわ」

最も地味で年長の三人目は、おちょぼ口だった祐希の母を想わせる古典的な美人だったが、かまわないでいる頭髪は白髪の方が多い。

「夕美《ゆみ》姉さん、その甲斐あっていい縁に巡りあえたじゃないの」

「お医者様だものねえ」

「わたしは姉さんの、女は男次第っていう言葉に従っただけよ。わたし、もてなかったから、姉さん、わたしが二十五になるまでになって必死で見つけてくれたのよね。それに比べて知代《ともよ》には次々にいい縁が降ってきて、姉さん、乗り気になってたのに」

古典美人の夕美は意外に饒舌だったが、

「あら、何も今の知ちゃんの御亭主が悪いっていうんじゃないのよ」

慌てて取り繕った。

「いいのよ、気にしなくて。うちはしがない畳屋なんだから。いくら姉さんが口を酸っぱくして勧めても、わたしには、大学出の男なんて釣り合わない。気詰まりで嫌だったんだから。わたしたちはこうして結婚できたけど、敦ちゃんはこれからどうなるのかしら？　もう四十近いんだし」

話をここにいない敦子に向けた。

「則江《のりえ》のとこにいないの？　奥さん亡くして困ってる男。名古屋で大きな工場やってるんだからいくらでも相手は見つかるんじゃない？　信雄《のぶお》さんに話して何とか一肌脱いでもらってよ」

知代の声音が楽しそうに色めき立った。

「それなら目白へ行った時、何気なく敦ちゃんに話したことあるのよね。敦ちゃんには、〝へえ、工場で働いてる人？〟って一言で片付けられたわ」

「理想が高いのねえ」

ふと洩らした夕美の言葉に、

「夕美姉さんと一緒じゃないの」

知代はげらげらと笑いだし、

「いずれ武光家も勝ちゃんの代になるわけでしょ。敦ちゃん、いつまでも姉さんからの甘い蜜吸ってらんなくなるんじゃない？　跡継ぎがあの勝ちゃんだと、ここまで来たＴＡＫＥ食品だって、どうなるかわかったもんじゃないわよ」

悪意のある物言いをし、次には則江の首元を見つめた。

「その黒真珠のネックレス大粒で凄いわね。あんたのとこの工場、景気がいいんじゃない？」

知代がかまを掛けると、

「これ？　いつものようにまり子姉さんが太蔵デパートから送ってきたものよ」

則江はため息まじりに声を潜めた。

「わたしの方は黒真珠の指輪よ、ほら、見て」

二人のやり取りに加わった夕美の声も小さい。

「それでいつものように？」

知代は呆れたといわんばかりにため息をついた。

「だって、送られてきた指輪が百五十万だと報されれば、姉さんの銀行口座に振り込むしかないじゃない。戦争に負けて生きていくのが大変な時に、頼りにならない父親しかいなくて、わたしたち孤児同然だったんだもの、姉さんのとこに居候させて貰えたのは大恩よ」

思わず夕美は知代を宥める口調になっていたが、

「ただいくら景気のいい時代でも、百五十万は応えるけどね」

つい本音を洩らした。

「まり子姉さんに世話になったっていうよりも、勇義兄さんの働きのおかげじゃない。TAKE食品が赤坂に大きな自社ビルを建てて、事業拡張をはかる時、夕美姉さんは頼まれてぽんと五千万、無利子で貸してたじゃない？　それでとっくにちゃらになってると思うけど」

「姉さんへの恩返しがこう始終だとうちの人にも隠し通せないし」

夕美はさらに声をくぐもらせた。

「則江はまり子姉さんからの恩、それほど受けてないんじゃない？」

知代はこの手の話をさらに盛り上げようとしているかのようだった。

「まり子姉さん、結婚に反対し続けて、仕方なく、わたしたち駆け落ちしたでしょ。それもあって、自動車の部品を作る町工場だったうちが左前になった時、いくら泣きついてもまり子姉さん、お金、貸してくれなかった。最近になってまり子姉さんから送られてくるの、宝石だけじゃなくて、飽きて着なくなった洋服なんかもあるでしょ。それを見てうちの人は、盤石な会社なんてないんだから、まり子姉さんも困ってるんじゃないかって。借金断ったまり子姉さんより高みに立ちたいのかも。

それで夕美姉さんみたいに電話で値段を言われると振り込んでるのよ。ああ、でもあそこまでのお金、趣味じゃないし、その上に新品でもないものに出すのは正直嫌だわ」

則江は最後の語尾を上げた。

「知ちゃんだって姉さんの世話になったでしょう？　新宿駅の近くにあった百五十坪の嫁入り先の土地にアパート建てた時、姉さんに助けてもらったはずよ。銀行からの融資に口を利いてもらったでしょ」

夕美は知代に矛先を向けた。

「聞いてるでしょうけど、怠け者で女好きの亭主の尻を叩いて、何年もかかってやっと銀行からの借金払い終えたけど、所詮、あの土地は借地なんだし、それはそれで辛いもの、あったわよ」

そこで知代の言葉は一時途切れたが、

「まり子姉さん、わたしのとこへは何一つ送ってこないし、会っても何かくれたことなんてないのよね。あたしの手土産が鯛焼きで、夕美姉さんや則江んとこみたいに万単位のお金じゃないからでしょ。お金の出しっぷりでまり子姉さんはわたししたち妹を差別するのよ」

　吐き出すように言った。

　ほんのしばらくの間、沈黙が続いた後、

「だから香典、三人とも同じ額にしてほしいの」

　知代の声は乞うような響きだった。

「わかった」

　夕美は了解し、

「それで知代姉ちゃんは幾ら包んだの？」

「なけなしの十万円よ、アパート経営だっていろいろ経費も税金も掛かるんだし、畳屋にこれ以上は出せないわ」

　さすがの知代も声を低めた。

「それじゃ、わたしたちも減らさないと」

　ここで女三人の話は一度止み、

「それにしても、やっぱり敦ちゃんが心配よ」

　知代がまたその話題を投げた。聞いていた祐希は一瞬ぎょっとしたが、三人から離れるために長い列の後尾に並び直すことまではしなかった。だが、香典の中身だけはこっそりと一万円から三万円に増やした。

やがて増していた寒さが、頬に雪片を貼りつかせてきた頃、やっと祐希の焼香の番になった。祐希は遺族席で喪服に身を包んでいるまり子に向けて、深々と頭を垂れ、上着のポケットに用意してあった、数珠を取りだして右手にかけた。

この数珠は、竹の輪に水晶玉等の石を幾つか固定したもので、二つ繋ぎになっていた。これは上の輪に手を通し、下の輪はぶらさげたままで使われる。それに対して、売られているものの多くは、輪が一つで竹は使われず、ローズクォーツやアメジスト等の水晶類の珠がブレスレットのように通されている。

「必要になる時が来るかもしれませんから」

祐希が大学に入ったばかりの頃、この変わった数珠を贈ってくれたのは三浦だった。

お定まりの焼香を済ませると、祐希は再びまり子に頭を下げた。この時、まり子の喪服の袖から出ている右手首に、輪一つの真っ赤な血赤珊瑚の数珠が見えた。ただただことさらに、美しく悲嘆に暮れる妻を演じていたはずのまり子がたじろいでいた。目が泳いでいて、巧みにファンデーションで隠したはずの眉間が皺で割れている。

血赤の数珠はまり子の心から流れ出た怒りと屈辱の血のようだった。

焼香を済ませて境内を歩いていると肩を叩かれた。

相手は三浦だった。通夜を仕切っているはずの三浦は疲れきっているのだろうが、常とあまり変わらないように見えた。もっとも三浦は常から、削げた頬の目の下の隈が目立つ、やや青ざめた顔色の持ち主であった。

「ご連絡しようとは思ったのですが、すみませんでした」

三浦の丁重な詫びに、「明日もまいります」とだけ返して祐希は山門を出た。

まり子は寺での通夜振る舞いに小一時間ほど顔を出すと、三浦に送らせて自宅へ戻った。

「どうせ今日は婆さんたちが勢揃いすんだろ？　俺は自分んとこに帰る。心配しなくても、明日もちゃんとここへ来るよ」

勝はそそくさと、麻布のマンションへとタクシーで帰って行った。

すでにまり子の自宅には夕美、知代、則江の三人の顔があった。

「大変だったわねえ」

「お疲れ様」

二人の妹は月並みな慰め方しかできなかったが、

「姉さん、とびっきり綺麗だったわよ」

則江は最も効き目のある言葉を口にした。

ドレッシングルームで着替えたまり子が階下に下りて行くと、夕美はややだぶついた流行遅れの幾何学模様のワンピース姿で、則江は太目の身体にぴたりと張りついているような花柄のウールジャージーのワンピースを着て、リビングの椅子に腰を下ろしていた。

それぞれ長野と名古屋に縁づいている夕美と則江は、新宿の知代のところに寄って、まり子に言われるままに、こうして目白の武光家に一泊して明日の告別式に出て帰宅の予定だった。

「夕美、その服よく似合ってるわ」

まり子は満足そうに頷いた。流行遅れの上、小柄で細身の夕美にはサイズも柄も大きすぎるそのワンピースは、まり子から送りつけられてきて、あわてて十万円を現金書留で送った代物であった。

「則江は相変わらず田舎臭い花柄が好きねえ。ま、それもあんたの旦那に甲斐性がある証拠で結構だけどね。あんたも社長夫人の端くれなら特別注文の着物の喪服、一つあってもいいんじゃない？　絹の質が普通のとはまるで違うし、もちろん染料も格別。すごく照りがいいの」

まり子は自分が着ていた喪服一式を洒落者の妹に買わせる算段を、まるで呉服売り場の売り子にでもなったかのような口ぶりで話した。則江はこれは近々、まり子から勝手に送られてくるのだとわかっても、それほど嫌な気はしなかった。まり子と則江は年齢差が一回りあり、母親が死んだ直後、母親の実家に預けられていた乳飲み子だった則江を、引き取りに行ったのはまり子だった。

「その時の則江ときたら、もう虱《しらみ》だらけで、まるで虱の子よ。可哀想でこんなにしておく親戚連中に腹が立って、腹が立って」

則江が何度も聞かされてきたその話は、まり子が女優にスカウトされた話と同じくらい繰り返されてきたのだった。今や夫が事業を軌道に乗せたこともあって、則江は少しでもまり子に近づきたかった。則江にとってまり子は母親代わりにも思えている一方、手が届きかけている、夢の存在でもあったのだ。

片や知代はジーンズに丸首の黒いセーターという普段着で、用意してきた紙袋に畳んだ喪服のアンサンブルを押し込んだ後、敦子のショートケーキの飾りつけを手伝っている。

「上手いものねえ。敦ちゃん、お菓子の学校へ行って、ケーキ屋でも開けばいいのに。TAKE食品と組んでカロリーの低いケーキやクッキー、売り出せば?」

知代に話しかけられた敦子は無言で手を動かしつつも、悪い気はしなかった。

飾り付けが終わると、敦子は日本茶と紅茶の両方を淹《い》れて、叔母たちの前に置いた。まり子は家では常に二種類以上の茶を楽しんでいる。ショートケーキも各々に出された。

「あら、こういう時は葬式饅頭《まんじゅう》じゃないの?」

手伝っておきながら知代は惚《とぼ》けた問いを発した。

「いいのよ、うちはこれで」

まり子はフォークを手にし三人も倣った。まり子はいつもの味を噛み締めたあと、三人の妹たちを眺めながら訊いた。

「夕美、あんた、香典、幾ら包んでくれたの？」

「則ちゃん」

夕美はか細い声で助けをもとめた。はっと緊張した則江は口の中のケーキのスポンジをごくりと呑み込んだ。

「それぞれ十万円って決めて包んだわ」

知代はさらりと言い放った。

「それを言い出したのは誰？」

すでにまり子は語気を荒らげて知代を見据えている。

「わたし」

知代は認めた。

「余計なことを。あんたはいつもかつかつかもしれないけど、夕美や則江は違ってるのよ。きっとわたしのためにもっと出したかったはず。あんたってほんとに出ししゃばりなんだから。ここで貧乏風吹かせるのだけは止めてよね」

まり子のこめかみに青筋が立った。

「まり子姉さんの金持ち風よりましかと思うけど」

言い返した知代はショートケーキを平らげて立ち上がると人工皮革のハーフコートを羽織って勝手口から帰って行った。まり子は引き留めもせず、二人の妹はまり子の不機嫌が続かないようにと念じながら黙々とショートケーキを食べ続けた。

知代が帰ったせいですぐにお開きになったこの夜、夕美と則江のために敦子が一階の客間に布団を敷いてくれた。則江はまり子が二階に上がって行くのを待って、名古屋の夫に電話をかけた。

「うちの人、義兄さんの告別式に間に合うよう駆け付けてくれることになったの」

「よかったわね」

夕美は釣られてため息を洩らした。

「それにしても夕美姉さんって凄い。腹巻きに五十万縫い付けてきたなんて」

「どうせ、こうなると思って、うちの人の名前で香典袋に入れて、明日、受付で渡すつもりだったのよ」

「うちの人も倣って五十万出すって」

「姉さん、大喜びするでしょ」

二人の妹はしきりに頷き合った。

翌日、藤川祐希は昼前の告別式のために再び恩国寺の山門を潜《くぐ》った。昨夜の雪は止んでいたが、見上げた空は重たく暗い。濃灰色の曇り空からは陽の覗く気配が全くなかった。境内を北風が音を立てて吹き抜けていく。

思わずオーバーの襟を立てた祐希は、目の前の大銀杏に目を奪われ、とりわけその幹の太さに圧倒された。通夜の昨夜は極度の緊張と無我夢中とで、境内の様子に目が向けられずにいたのだった。

祐希は国語の教科書で年輪について植物学者が書いたエッセイを生徒たちに読ませたことがあった。

寒帯、温帯地方の林では形成される層の生長が気温で異なり、比較的高温の春から夏にかけて活性化し、寒い冬には休眠するので、毎年、粗と密の輪ができるが、四季の全くない熱帯雨林では生長が止まないので、普通、年輪はほとんど認められない。

祐希は沢山の年輪を刻んできたであろう、大銀杏から目を離せずにいた。ふと樹木に年輪など刻まれない、一度も行ったことのない熱帯雨林の様子を、寄せ集めの知識で想像したくなった。多湿の常夏では餌が豊富なのでとかく生き物は巨大化しやすい。いつだったか、東南アジアの自然をルポしたテレビ番組で、食用の小ぶりなウナギとは別種のニシキヘビほどもあるオオウナギが、沼地の主として崇められているのを観たことがあった。それからこれも赤道直下の地域の山での撮影で、何十メートルもある樹木がぎらぎらと光っていた。その光源は何と生殖目的で集まった、人の親指ほどもある無数のホタルだった。日本の川辺近くの草むらで見つかるものとは別種の大形のホタル。

この時祐希は蒲焼きにされるウナギも、古式ゆかしき日本ならではの情緒の一つとされているホタルも、共に貪欲な捕食者、肉食であることを知った。シラスと呼ばれるウナギの子は可愛らしく、ホタルの仄かな発光には、亡き母の霊を重ねていただけに祐希は強い衝撃を受けた。ネオンサインのようだった大形ホタルの方には失望を感じた。

風の音がまたいっそう強まってさらに寒いと感じた祐希は、想像の世界から我に返った。もう一度改めて大銀杏を見つめると、また想像の中へと引き込まれていく。

大銀杏が熱帯の沼と樹木に変わって、昨夜会ったまり子の顔にオオウナギと大形ホタルが重なって見えた。

今、自分はここに居る、年輪のできる場所だけでずっと生きてきた一人だが、熱帯雨林のウナギやホタルのようにただただ周囲を食らい続けていく、獰猛《どうもう》な人たちの別世界もあるのだ。そして、今、自分はそんな世界、熱帯雨林の入口に立ちかけているのだと祐希は思った。寒さのせいばかりではなく、がちがちと歯の根が合わなくなるほど身体が震えた。果たして食われずに生きのびられるのか。

告別式の焼香にはすでに通夜よりも長い列ができている。祐希は通夜の焼香の列で、後ろから話が洩れ聞こえたまり子の実妹たちの姿を見つけた。手水舎《ちょうずや》の前に立っている。ただし、白髪頭とアップスタイルの二人だけでショートヘアの姿はない。しかし、ほどなくショートヘアが合流して列に並んだ。大銀杏をずっと見ていた祐希は、三人の後ろに付いいた。通夜の時とは前後が逆になった。

「昨日の夜、姉さん、あんなだったから。いつものように則江の御亭主、追加の香典持って来るんでしょ？　まだなの？」

ショートヘアの知代が訊いた。

「そろそろだと思うけど。実はあたしたち親戚がこうやって並ばされてること、うちの人には言いそびれてるのよ」

アップスタイルの則江が、おろおろしている。

「普通、親戚は遺族と一緒に座ってるものだもんね、まずいわ」

白髪頭の夕美は真剣に案じている。

「姉さん、気前のいい則江の御亭主にどんな顔するつもりかしら？」

知代の声音はやや意地悪げであった。

しばらく三人が無言を続けていると、

「夕美義姉さん、知代義姉さん、お久しぶりです」

年の頃は五十歳近く、中肉中背の男がひょいと三人に加わった。頭髪にはところどころ白いものがちらついている。そう大きな会社ではないにせよ、亡き舅も持ち合わせていた経営者ならではの活気が感じられる。

「信雄さん、お久しぶり」

「則江がいつもお世話になってます」

二人の姉は型通りの挨拶をした。

「ちょっと行ってきますよ、まり子義姉さんにもちゃんと挨拶せんといかんから
ね」

信雄が列を離れた。肉のだぶつきが見られない引き締まった信雄の顔は男らしい。ほどなく戻ってきた信雄は、棺が安置されている壇上を指差して、

「別れの時の献花は遺族の次には親族がやるべきだからって言って、まり子義姉さんたちの後ろへ席を作ってもらいました。さあ、行きましょう」

信雄は三人の先に立って玄関口まで歩いた。普段はそこが檀家たちを含む出入口であった。

思いついた祐希も列から出て四人に付いていく。頭の中で小指の先ほどのホタルが親指一本もの大きさに肥大し、仄《ほの》かで寂しげだった光がきらきらとゴージャスに煌《きら》めいている。急いでいる四人は祐希が付いてきていることに気がつかない。四人に倣って祐希も靴を脱いでスリッパに履き替えた。

廊下を歩いて勇の葬儀が催されている本堂まで来た。ボリュームのあるまり子の頭が上質な黒い絹地の喪服の上にのっている。

「まり子義姉さん」

と信雄が呼ぶと振り返ったまり子は、

「あら、よく来てくれたわね」

艶然と微笑んで立ち上がってすぐ廊下へ出てきた。

「これを」

と信雄は恭《うやうや》しく香典を渡した。まり子は、

「お気遣いありがとう」

柔らかな表情を崩さずに、丸く小さく磨いたブラックコーラルだけでできている特注クラッチバッグにしまった。

「さあさ、かけてちょうだいな」

まり子は四人に親族の席を勧めた。ぎこちなく喪服のスーツを着て親族席にいた勝は、やっと叔母たちに気づくと無理やり笑みをつくった。

この席にはすでに勇の弟、誠の姿があった。誠は四人を見ても、ああと洩らしただけだったが、四人は誠に向けて、それぞれ、お定まりの悔やみの言葉を口にした。

四人は腰掛け、廊下の祐希には彼らの後ろ姿しか見えなくなった。

通夜にも増して長い読経が終わるとすぐに焼香が始まった。まり子、勝、誠、夕美、知代、則江、信雄と終わったところでできた一瞬の隙を祐希は見逃さなかった。輪二つの数珠を手にして、すっと中に入って勇の遺影の前に立った。ゆっくりと焼香を済ませると、誰にも挨拶せずに辞した。昨夜同様、三浦が追いかけてきた。

「勝手をしてすみません」

祐希が詫びると、

「とんでもない。これで社長も心置きなく成仏されることと思います。四十九日の法要には必ずお運びいただきます。あなたにもお伝えしなければならないことがございますので。どうかよろしくお願いいたします」

三浦は丁重に腰を折った。お辞儀で応えて立ち去る祐希の後ろ姿を見つめていると、かつて勇が思わずこぼした言葉を思い出した。

「わたしは祐希に許されるとは思っていない。もう一度若くなってやり直すとして、わたしはやはり、清純可憐《かれん》な祐希の母ではなく、蠱惑《こわく》的なまり子の方を選んでしまうだろうから」

吹きつける冷たい風が、三浦の暗然とした気分を撫でてくれているように感じた。

留守番の敦子は、まり子が勇の骨壺と位牌と共に帰ってくるのを待っていた。何をしたらまり子にほっとして貰えるだろうかと考えあぐねた末、いつものようにシヨートケーキを作ることにした。卵の白身を固く泡立てながら、思いついてリビングの引き出しに入れてある予備の香典袋を一枚取りだした。そして、貯めてある小遣いの中から思い切って十万円を入れた。叔母たちは十万円で叱られていたが、自分の十万円なら喜んで貰えるかもしれない。十万円の入った香典袋を、勇の両親や先祖の過去帳や位牌のある、畳一畳ほどもある大きな仏壇に供え、線香を上げ瞑目して両手を合わせた。

「わたくしはそろそろ失礼いたします」

葬儀一切を終え、昨夜同様まり子を送り届けた三浦は勇の遺骨と遺影、位牌を仏壇の前に置くと、灯明と線香を上げて帰っていった。

「あたしの喪服、ちゃんと畳んでくれたわよね？　あれは後でちょっと考えがある」

まり子は、敦子に念を押した。

「うん」

敦子は飾り付けを終えたばかりのショートケーキを切り分け始めた。

「着替えてくる」

まり子は二階のドレッシングルームに上がって、ローズ色のパジャマの上に同色のガウンを着て下りてきた。

無言で好物のショートケーキを食べた後、鍵の掛かる納戸を開けると、大きながま口形のハンドバッグを取りだし、そこに則江の夫からの香典と敦子の名が書かれたものを入れてパチンと音を響かせた。古びたこのバッグは家の中用のもので、常に百万円以上の現金が入っている。元に戻してまた納戸の鍵を掛ける。この鍵は家の中でも持ち歩いているローズ色の巾着袋の中の財布にしまった。

敦子は自分が出した香典の礼を言って貰うことを期待したが、まり子は何も言わなかった。その代わりに、

「あんたは口が固いって信じてるよ。夕美や知代、則江たちにはあのこと言わなかったろうね？」

さらに念を押した。

「まっちゃんがあたしに教えてくれたこと？」

「決まってるでしょ、馬鹿っ」

まり子は突然怒りをぶつけてきた。まり子との長年の暮らしで、この手のことが八つ当たりだと敦子にはわかっている。

「言うわけない」

引き結んだ敦子の薄い唇が線になった。

「ならいいんだけどね。あの娘のことで昨日、今日と頭に来てるのよ。時が時だから我慢してたけど」

「その娘、やっぱり来たんだ」

敦子はまり子の後ろに立って肩を揉み始めた。

「まさかとは思ってたから」

「三浦さん、来るなって伝えなかったの？」

「連絡はしなかったと言ってたけど、どうかわからない」

「どんな娘？」

やはり敦子は気になって仕方なかった。

「綺麗？」

「勝が言ってたはずだよ」

「ぱっとしない田舎娘だって」

「だったら、そうなんだろうけど」

「叔母さんはそう思わないの？」

「あたしには白ウサギに見えた。色の白いは七難隠すってよく言うでしょ」

「肌、綺麗なんだ」

　咄嗟《とっさ》に敦子は黒く厚い角質で被《おお》われているざらついた自分の頬に触れ、今まで無精を決め込んできたことをほんの一瞬後悔した。

「あれは親譲りなんだろうね。母親も雪のように真っ白で綺麗な肌してたよ」

「でも、叔母さんの方が綺麗よ、絶対」

　あれだけ手入れや身なり、持ち物に金をかけて気を配っているのだからと危うく続けかけて敦子はその言葉を呑み込んだ。今これは褒め言葉になどならない。敦子は辛抱強くまり子のリアクションを待った。

「敦子のマッサージはよく効くねえ、ありがと。あんな娘なんていなくて、あんたがわたしの娘ならいいんだけど。亭主のいる妹たちは欲張りで当てにならないけど、独身でわたしにずっと尽くしてきてくれたあんたは無欲だもの」

まり子は人を評する時、欲張りと無欲に分けるのが常だったが、言葉の意味を自分本位にしかとらえていなかった。説教も含めてほんの少しでもまり子に向かって意見したり、まり子がライバル視しなければならない相手は全て欲張りであり、いたいけで無邪気な子どもや自分のために滅私奉公を厭わない者たちだけを無欲と評した。まり子流に言えば息子の勝は、無欲だったのが欲張りに堕落したいい例なのだ。

とはいえ、敦子へのこの時の褒め言葉はまり子らしいその場限りのものでしかなかった。だが、チワワを疎ましく感じて追いだした敦子の心を鷲掴みにした。十万円の香典は無欲の証で効き目があった。叔父さんは死んでもういないのだから、叔母さんは気兼ねなくあたしを本当に養女にしてくれるかもしれない。

リビングの電話が鳴った。受話器を取った敦子が、

「誠さん」とまり子に手渡した。

「今、三浦と会社に居る。相続を急いだ方がいいと思ってね、なかなか口を割らな

い三浦に、自社株の所有者名簿を出させたところだ。ちょっと気になってたんだけど、思った通り、祐希というあの娘が四％を保有していたよ」

「勝だって五％だというのに、あの娘が四％も。わたしも明日、塚本《つかもと》弁護士に電話して、四十九日より早く、相続の見通しをつけようと思っていたところよ」

まり子は低めの声で告げた。

「さすが義姉さんだ、よろしく頼む」

まり子を讃えて誠の電話は切れた。

五　塚本弁護士の話

　塚本弁護士会計事務所の始業時間は午前八時三十分である。数年前に急逝した二代目は初代が決めた午前八時を守り抜いたが、三代目の塚本敦史《あつし》はさすがに祖父が好きだった、〝早起きは三文の得〟という諺《ことわざ》を所員に押しつけることを憚《はばか》り、一般的な始業時刻である午前九時と八時の間を取って、午前八時三十分と定めたのであった。

　この日、午前八時三十分に武光まり子から電話を受けた塚本は、

「このたびは真にご愁傷様でございました」

　通夜と同じ悔やみの言葉を口にした。塚本自身は気づいていないが、稀《まれ》にみる独特の低音、バリトンの持ち主であった。このような声で鳴らした老優もいた。円熟した老人を想わせる、その声と上品かつ丁寧な応対でクライアントに心地よい安心

感を与えるのだった。

「塚本さん、あなた相続のこと分かっているわよね？　ちゃんと、お金は払うんだからわたしの味方になってね。わたしが勇の遺したものを全部貰うのは当たり前なんだから」

　武光まり子からの電話は明日にでも自分が夫の財産全てを相続するべく、遺産相続の話をはじめるようにとの内容だった。

「年内はかなり立て込んでおりまして、申し訳ございませんが、今しばらくお時間を頂きたくお願い申し上げます」

「だったら、一体いつになったらできるの？」

　まり子の声がすぐに尖った。

「わたしどもは確定申告や決算の繁忙期が三月末までです。相続税の納付の期限は社長がお亡くなりになった日から数えて六ヶ月です」

「そう急ぐこともないというのね」

「いろいろ揃えなければならない契約書類や確認事項もございますし」

「それだったら、わかってることがあるの。あの人には認知した娘がいるのよ。わたしはその娘にビタ一文渡したくないの」

塚本は相づちこそ打ったがその先は無言だった。世間にない例ではないが、この手の話が絡む相続はとかくもめる。特に武光まり子のような配偶者が法定相続人の一人である場合は。塚本は父からTAKE食品の税処理を引き継いでみて、このまり子が如何《いか》に難物であるかが身に染みていた。勇社長の横にぴたりと座って、顧問料や決算時の力添え等の簡単な請求についてでさえも、こちらの説明にうんうんと笑顔で頷いていたかと思いきや、〝それ、わたしはぴんと来ない、だから嫌、駄目〟と退けられて値切られてしまう。

普段からこれなので、大きな金額の分割となる相続ともなれば、普通ではない波乱が巻き起こるに決まっていた。まり子の利得についての深い執着は常識どころか、法律さえも度外視してひねりつぶしてしまう。

けれども、たいていの人間は汗水垂らさずに、血縁というだけで金や不動産が転がり込んでくる相続となると、譲ることは稀で、まあいいやなどとは決して思わず、故人の世話をしていない後ろめたさなどかなぐり捨てて、一分一厘まで自分の権利を主張しがちであった。たとえその相手が武光まり子のような手強い相手であったとしても。

「だからさっさとその娘には諦めさせてほしいのよ、わかった？」

念を押されるも、力強くはいとは答えられず稀なことではあったが塚本の方からクライアントの電話を切った。


塚本はこの日、詰まっていた他の仕事をキャンセルしてTAKE食品のビルのある赤坂へと向かった。勇の秘書である三浦に会ってまり子からの電話の内容を伝えるためであった。

塚本が受付で自分の訪問を伝えると、三浦に取り次いだ受付嬢は、

「この角のシャガールで待っていてくださいとのことです。そこへ三浦はすぐまいります」

今時分ゆえの深い緑色、フォレストカラーのスーツ姿で清々《すがすが》しい笑顔を向けてくれた。

「面白いクリスマスツリーですね」

思わず軽口が出た。

樅《もみ》ノ木と見えたのは青い匂いの低木でつんつんと棘《とげ》のような葉をつけている。その枝には各々、星や靴下やツリー、サンタクロース、トナカイ、雪の結晶等クリスマスらしいイラストが描かれたTAKE食品の人気商品が、箱に入れられ、ラッピングされてぶら下げられている。その中には安定した売れ行きを続けている、クマザサの葉の青汁を錠剤にしたものや、オーガニック栽培の国産レモンの顆粒、時折黒い噂が耳に入る、例の藁餅からヒントを得たダイエット食品も見えていた。

「近頃はクリスマスプレゼントに、小社の商品を選ばれるお客様もいらっしゃるんですよ」

受付嬢はにっこりと笑った。

シャガールに入ってボックス席でコーヒーを注文したところで、自動ドアが開き、三浦が入ってきた。型通りの悔やみの挨拶もそこそこに塚本は、朝掛かってきたまり子からの電話について伝えた。

「早くとも四十九日の後にとお伝えしていたのですが」

ふうとため息をついた三浦は、ここ何日間かで皺を増やしていた。

「すぐ相続すれば、奥様一人で全財産を手に入れられると思われたようです」

　塚本も誘われて吐息が出そうになった。

「勝さんは立派な大人ですし、教師をなさっている非嫡出子の祐希さんもおられます。お二人とも相続放棄なさるとは到底思えません」

　三浦はきっぱりと言い切った。

「ところで、社長の遺言書は？　わたしどもは作成のご相談を受けたのですが、途中で止まっておりましたもので。奥様の口ぶりでは預かっておられないようですが、三浦さんは？」

　三浦は黙って首を横に振った。

「となると、奥様には遺産の二分の一を相続できる権利がおありです。奥様に勝さん、祐希さんと折り合っていただくことはできないものでしょうか？　法定相続人は三人で奥様、勝さん、祐希さん。勝さんは一人っ子の実子なので、祐希さんさえ認知されていなければ、文句なく奥様と同じ二分の一を相続できます。これなら奥様も、全部自分のものだなどとは言い出さなかったのではないかと思います。一方、現法律下では非嫡出子の祐希さんは勝さんの取り分の二分の一を相続する権利があります。当然勝さんの取り分は減ります。これがご不快なのでしょうか」

「奥様のお気持ちやお怒りは今言われたことだけではないと思います」

まり子の気性を知り尽くしている三浦は頷かなかった。

「たとえ勝さんと二人だけの相続であっても同様のことが起きていたかもしれません。奥様にとって勝さんは永遠の大きな子どもで、全てを母親に委ねているのが幸せにつながると考えておられるからです。その上、祐希さんのことが重なると、感情の起伏の激しい奥様の言動は、正直、まるで摑めません。どこに地雷があるのか皆目見当がつかないのです。利得に聡《さと》くごくごく単純なようで、人は金ではない、気持ちだ、心だ、自分は傷つけられたと大騒ぎなさったりするお方です」

三浦は、意外にも感情のこもった物言いをした。

「まさに奇々怪々ですね。近くにいる三浦さんにさえわからないものを、年に何回かしかお目にかからないわたしに推し量ることなどできようはずもありません」

塚本は脱帽と失意の両方を感じた。この一件は自分ではとても負いきれない案件なのではないだろうかと不安がよぎるものの、遺産総額の一％を報酬として受け取ることができるのは大きかった。

「ご自宅は社長の名義ですか？」

塚本はＴＡＫＥ食品の顧問税理士兼弁護士なので、勇の個人資産についてはおおよそしか知らなかった。

「はい」

「あと不動産は？」

「軽井沢に別荘を一軒。富山県の高岡にご生家があります」

「勝さんが住んでいるマンションは会社名義でしたよね。では、書画、骨董の類は？」

「問題はありません」

「現金は？」

「銀行の定期で四千万円、後は普通口座に一千万円ほどです」

「有価証券は？」

胆に触れた。このところの株価の上昇には投資家だけではなく、サラリーマンや主婦までも虜《とりこ》にされる勢いがあった。一般人の間でも、買わなきゃ損の流行の服や食べ物にも似た盛り上がりが続いていた。

「小社株だけです」

現金は予想より少なかった。

「たしか、相続税は遺産を受け取る前に払わねばならないのでしたね」

「そうです。一日でも遅れれば延滞税が発生します」

「実は遺された武光家の方々は、この相続税が払えないのではないかと思います」

三浦のただでさえ青い顔がさらに青さを増した。

「相続発生時の勇社長のＴＡＫＥ食品株、五一％、約一億円分に相続税がかかります。今は不動産もウナギ上りなので、かなりの相続税がかかります。皆さん、相続税のための現金をお持ちですか？」

塚本は危惧した。

「いいえ」

三浦ははっきりと首を横に振った。

「現金が少ないのはＴＡＫＥ食品の将来を見越して、新規事業として個人的に大きくハーブに投資なさっていたからなんです。ハーブは草ですので、種さえあれば誰でも育てて恩恵にあずかれます。人気商品の〝自然の宝〟を昔からの知恵を元に開発したように、社長はハーブこそが次なる健康志向のブームの要となると考え商品化を企画されていたところでした」

　道半ばにして中断した勇の想いを熱心に口にした。

「会社の受付に飾られていた、クリスマスツリーの低木からも、何やら悪くない青い匂いがしていましたが、もしかして」

「あれは、ローズマリーです」

　嬉しそうに答えた三浦の顔には少し血の色が戻っていた。

「TAKE食品の今年夏の決算では、銀行からの大きな融資は受けていなかったように記憶しています。ハーブ関連の大きなプロジェクトを立ち上げたのは秋以降のことですか？」

「一年前です。銀行は株の高騰や地上げの余波を受けて、普段は一千万円のところを二千万円と、大盤振る舞いの貸し付けに躍起になっていて、開業以来、右肩上がりの業績が続いていたTAKE食品には大きく借りてほしくてたまらなかったはずです。しかし、社長はこのような景気は一過性だと見極めていらっしゃいましたので、銀行からはつきあい程度の融資しか受けていませんでした。新事業へは、社長ご自身の貯《たくわ》えを使われていたのです」

ここで三浦が話を切ったのは話を続けていいものかどうか多少の迷いがあったからである。社長がこれまで秘していた事情を自分の一存で話すことに躊躇いがあったのだった。

「いずれはわかっていただかないと、武光家の相続は乗り切れないと思いますので申し上げておきます」

前置きの言葉を口にしてから、三浦は淡々とした口調で続けた。

「社長がご自身の貯えを会社に注ぎ込んだ理由は、ひとえに勝さんの行状が原因です。ＴＡＫＥ食品に籍を置いていても出社はほとんどせずに退職した勝さんに、社長は伝手《つて》で私立の女子校の美術助手の職を見つけてさしあげました。どんな形でもいいから、多少の社会勉強を経て、御自分の跡を継いでほしいという想いがまだおありになったからです。しかし、この親心が悪夢を呼び寄せてしまったのです。勝さんはまだ十六歳の生徒を妊娠させてしまい、それを勝さんは恋愛だと言い続け、先方の両親はレイプだと主張、大変な騒動の末、多額の慰謝料を支払うことで決着したのです」

聞いて一瞬、塚本はなぜ長いつきあいで、弁護士でもある自分に相談してくれなかったのか、水くさいなと少々不快になったが、すぐにこれは民事訴訟しかこなせない、自分には到底手に負えない代物だと思い直した。一歩間違えば刑事事件になりかねない、この手の金持ちの不始末に強いやり手の弁護士は、成功報酬に多額の弁護料を請求する。そんなやり方も、塚本には不向きだった。

「全てはTAKE食品を守り、勝さんの将来を思ってのことでした」

「奥様は御存じだったのでしょう？」

「もちろんです」

「奥様は向こうの弁護士や生徒さんのご両親にも会われたのですか？」

「いいえ。社長お一人でした。こういった時に、まり子の不用意な言葉でしくじることはできないとおっしゃって、示談金のことすらも一切、奥様には伝えないようにとのことでした」

　塚本はまり子に粘られて顧問料を値切られた時のことを思い出した。もし、まり子がしゃしゃり出ていたら、勝の事件はもっと複雑に揉めただろう。

「以来、社長は奥様には新事業のことも含めて、会社のことは全くお話しなさらなくなりました。勝さんのことも、率先して話題にされることはありませんでした」

さばさばとした物言いをした。

「社長には新事業の前、どれくらいの預金があったのでしょう？」

「一億の定期が四口ありました」

「それが今は五千万で、三億五千万が新事業投資に消えたわけですね。これほど減ったことをまだ奥様はご存じないのですね」

塚本の鼓動が高まった。ただでさえ予断を許さないものではあったが、さらにまり子を怒らす材料が増えていたとは。

「一体どう、奥様に説明したらいいものか」

塚本は知らずとすがりつくような目を三浦に向けていた。クライアントの秘書にすぎない三浦に頼っても仕方ないとは思ったが、そうせずにはいられなかった。

「いまは塚本先生も年末のお忙しい時でしょう。まずは、入念に準備を整えましょう」

三浦は穏やかに微笑んだ。

「奥様は一刻も早くと焦っていらっしゃるようでした。言い出したらきかぬ方ですし、御社との関係は良好に続けていきたいのです」

「ひとまずは書面で社長のおよその資産と相続税を、奥様、勝さん、祐希さんにお知らせしたらいかがですか？　こちらにある資料をまとめてお届けします」

「すぐに説明するようにと奥様からまた電話が掛かってきそうだな」

「そうなったら、伺って説明なされればよいのでは？」

三浦の声音は、状況を面白がっているような余裕が感じられ、ひとまず塚本は安堵した。

「そのときは、必ず三浦さんもご同席をお願いします」

「奥様が許されれば」

三浦は首を傾げたが、その実、まり子は塚本よりも自分を先に呼びつけるだろうと確信していた。

「もう一杯、コーヒーをいかがです？」

三浦に勧められて、塚本は喉の渇きに気がついた。三浦はお代わりを二人分頼んだ。

「近いうちに、こういった喫茶店のメニューにも、当たり前にハーブティーが加えられるようになるはずだと社長がおっしゃっていました」

「ハーブティー？」

「ガムの味にもあるミントならぴんと来るかもしれませんね。ペパーミント、ローズマリー、ラベンダーとハーブティーにはさまざまな種類があります。日本人が好きな味でブレンドされてもう少し飲みやすくなると、喫茶店の定番メニューになる日も来るのです」

「第二の紅茶に化けかねないってことですね」

三浦は嬉しそうに頷いた。


塚本を見送った三浦は、ハーブ原宿の喜多川《きたがわ》とのアポイントに急いだ。若者ファッションのメッカと言われているこのあたりに多い、ブティック風のガラスの嵌《は》まった扉を開けると、壁のそこかしこには一点一点手作りのクリスマスリースが飾られている。リースの土台となるセージの葉と、アレンジに好まれるラベンダーの匂いがとりわけ強く鼻をついた。

「これはこれは喜多川さん、しばらく」

如才ない笑顔を向けて三浦は喜多川の横の止まり木に腰を下ろした。喜多川は有限会社ハーブ原宿の専務で日々、全国を飛び回っているのでこうして会えるのはたまにしかない。

「女の子たちは急に頼まれた大量のサシェ作りで二階のクラフトルームですよ。せっかくいらしたのに、ハーブティーもお出しできずすみません。カレー屋にでも行きましょう」

元商社マンの喜多川は煙草が手放せない。カレー屋に入ると早速、喜多川は一本くわえた。

「御社の房総にあるハーブヒルズワールドに行ってきましたよ。温室にはハーブの苗がずらりと並んでいて、凄い規模で驚きましたよ。あれはもう日本一のハーブガーデンでしょう?」

三浦は世辞混じりに水を向けた。

「いやいや、北海道の富良野のラベンダーガーデンよりはずっと狭いですから」

「ラベンダーガーデンは素晴らしいですが、夏のほんの一時だけでしょう?　房総なら富良野と違って一年中ハーブを楽しめますし、東京から近いので有望な観光地にもなりますよ、きっと」

「まあ、オーナーがよしとしている以上、仕方がありません」

喜多川は渋い顔をしている。

「喜多川さんはハーブヒルズワールドに反対なのですか？」

そのはずだと三浦は確信していた。好景気に乗って、日常生活の必需品とは言えないハーブの大規模な展開は、啓蒙活動の一環にはなっても、すぐに元手が回収できるとは思えない。

「もともとオーナーのお嬢さんの婚約者の企画で、ここまで突っ走ってきたんです。小社のオーナーは小商いの延長で、ちょいとハーブとやらに手を出してみたっていう感覚なんです。それがここまで結構な儲けにつながってきて、苦労なしでとんと ん拍子だったせいか、今一つ嬉しくない。だから、可愛い娘の彼氏に大きくはったりをかませられると弱かったんでしょうね。商店のおやじではなく、大きな金や人を動かす実業家になりたかったんですよ」

喜多川は吐き捨てるように言った。このあたりのオーナー一族との問題は、どこも変わらないものだと三浦は得心した。大番頭格の喜多川の働きがあってこそ、現在のハーブ原宿の成功があるのだなどという、野暮な慰め方はしなかった。

「たしか、〝雨の日はポプリの香り〟というキャッチコピーでブームにしたのは、喜多川さんのアイデアだと聞きました」

一緒に飲んだ折、酔った弾みで自画自賛していた喜多川の功績をさりげなく讃えた。喜多川は一瞬嬉しそうな顔になった。

「札幌にも御社の店舗があって驚きました。天国にでもいるかのようないい香りが店内にしていましたよ」

「あの店はずっと赤字なんです。そろそろ撤退時でしょう。三浦さん、ポプリみたいなよくわかんないものの人気が長続きすると思いますか？」

喜多川の顔からはすでに笑みが消えていた。

「今でも一時ほどではないですが、あちこちで見かけますよ」

「それではTAKE食品で作って売りますか？」

勇の口からハーブという言葉は盛んに出ていたが、ポプリが話題にされたことは一度も無かった。

「この景気がいつまでも続くとは思えませんし、壁に飾ってあったハーブのクリスマスリースにしたって、あんなに売れ残ってるんですから。とはいえ、オーナーもお嬢さんも大きな商売に賭けていて、資金繰りのことばかり口にするわたしはやっかい者みたいですよ。原宿の店を抵当に入れて、銀行から多額の融資を受けてるハーブヒルズワールドの行く末が心配なのは当然じゃないですか。もしもこれが失敗するようなことになったら、せっかく自分が一から道をつけただけに残念で」
「それでも、栽培からレストラン、土産物売り場に至るまで、ハーブ三昧のハーブヒルズワールドは時代の先取りだと思いますよ」
三浦は心にもないことを口にしたつもりはなかったが、かけた金の回収ができるほどの観光スポットになるかどうかは疑問に思われた。ちょうどそこへ二人分のカレーが運ばれてきて、ほっとした三浦はスプーンを取った。

喜多川と別れた三浦は、会社に戻って塚本に約束した勇の財産目録を作って送ることにした。

武光勇財産目録（約一〇億一三〇〇万円）

目白　武光邸
　土地　新宿区下落合五丁目１８０番４
　　４５１・１８㎡（建物　３３６・７５㎡）
富山県高岡市　武光勇　生家
　土地　富山県高岡市城東四丁目78番５
　　１０００・０２㎡（建物　４５０・０８㎡）
軽井沢　別荘
　土地　長野県北佐久郡軽井沢町大字長倉字西２２４３番１５２２
　　４６１３・５２㎡（建物　７２３・４㎡）
有価証券　株式会社ＴＡＫＥ食品（非上場）　港区南赤坂五丁目11番３号
　　５１００株
預貯金　定期預金　四千万円　五井友銀行赤坂支店
普通口座　一千万円　三つ星銀行赤坂支店
生命保険　一億円　栄生命株式会社
死亡退職金　二億円　株式会社ＴＡＫＥ食品

三浦は資料を参考に、法定相続が行われた場合のおよその相続額を計算して自分の手帳に書いた。

遺産総額　約一〇億一三〇〇万円、基礎控除　六四〇〇万円、その他控除　三二〇〇万円、課税遺産総額　約九億一七〇〇万円

武光まり子　相続額　約四億五八〇〇万円

武光勝　相続額　約三億五〇〇万円

藤川祐希　相続額　約一億五二〇〇万円

六　長男・武光勝の話

「秘書室まで来てくれないか」

三浦は、内線で経理の森弘美《もりひろみ》を呼んだ。森弘美は都内の短大を出て入社した、三十歳にさしかかるベテランである。奥多摩の田舎の出身ではあったがお洒落な都心の水に磨かれ、受付嬢ならともかく、経理事務員には必要とは思い難い、流行のファッションを常に身につけていた。三浦の部下だった頃より、それがまた、日に日にエスカレートしている。この弘美が後輩たちから、〝お局玉〟と呼ばれていることを三浦は知っていた。弘美の口癖は〝女の幸せは結婚次第〟であり、玉の輿に乗ることが目的で働いたり、過度に身綺麗にしているようだった。〝お局玉〟というのはそんな想いが強すぎて、仕事はてきぱきとこなすものの、未婚のまま、いよいよ三十路に突入しようとしている弘美への揶揄《やゆ》なのであった。

「急ぎで出かけなくちゃいけないから、これを一枚コピーしておいてくれ」

三浦は弘美に指示して勇の資産を打ち出した紙を渡した。

弘美はコピー室から出てくると三浦のいなくなった社長室へと入っていった。三浦は入れ違いにコピー室へと入り、コピー機に取り付けたカウンターの数字をみた。几帳面で節約家の三浦はコピー機にカウンターを取り付け、コピーした枚数を把握している。

予想通り、弘美は三枚もコピーしていた。三浦はエレベーターではなく、急いで階段を駆け下り、弘美が受付を通り過ぎるのを確認した。

弘美はTAKE食品ビルの前ではタクシーに乗らなかったが、交差点を渡ってしばらく歩き、片手を上げてタクシーを止めた。幸いにも三浦も後続のタクシーを拾えた。弘美のタクシーは、勝の住む麻布レジデンシャルマンションの前に止まった。

これを見届けた三浦は、赤坂へ行くよう運転手を促した。何ヶ月か前、勝の住むマンションに溜まっていた管理費や光熱費関係の請求書等を、〝お局玉〟に回収に行かせたのはやはり間違いだったと反省した。玉の輿願望の強い行き遅れ気味の女はなりふり構わない。

勝は父親の告別式に参列すると我慢の限界が頂点に達した。血の繋がった父親が死んで多少は悲しいものの、特に遺産に対する母親の興奮状態を目の当たりにすると、悲しみよりも煩わしさだけがひたひたと全身を浸している。すぐにここへ帰ってきたのも、いくら敦子が便利でも、まり子があの家に君臨している限り、ストレスで息が詰まりそうだったからだ。まり子の親衛隊である叔母たちもただただ鬱陶しかった。

勝は自分を躁鬱病だと思ってはいたが、自分以外の誰かにそう指摘されるのは本意ではなかった。大学さえ続かず、あの家で引き籠もり気味だった時、誠に一度、精神科医に診てもらったらどうかと言われたことをまだ根に持っていた。

勝にとって躁鬱病は優れた芸術家の証なのである。自分の耳を切り取った挙げ句、拳銃自殺した後期印象派の画家ゴッホや、〝叫び〟と題して、精神のどうしようもない切迫や自然への畏怖を描かずにはいられなかったムンクこそ、芸術家のあるべき姿だと思っていた。生涯貧しかったゴッホが自分の画《え》への誹謗中傷に苦悩していたとは全く考えていなかった。

勝が抽象画を描き続けるのはパブロ・ピカソに憧れているからだった。ゴッホやムンクは自身の脆弱な精神の拠り所ではあったが、彼らのように悲惨だったり、地味すぎる生き方は御免だった。その点ピカソはそこそこ若くして認められ、生前からたいそう画が売れる著名人であった。何より共感できるのは、ピカソが画を描くことと同じくらい恋愛に熱中して生きたことだった。ピカソに近づくには、まずは恋愛ありきだと勝は思っていた。それゆえ、勝には美術助手をしていた自分に、いつも目を潤ませ、頬を紅潮させてついてきていた女子生徒が、その後、どうして無理やりだの、レイプだのと騒ぎ立てたのか、全く理解できなかった。

子どもの頃こそ持病の喘息もあって両親に逆らえずに大人しすぎた自分が、両親の望まない絵描きという道を歩き出してからは不登校、飲酒、芸術家崩れの不良仲間とのつきあい、たびたびの淫行と、反旗を翻し、両親を困らせてやっていると思うと、小気味よかった。もちろん、ピカソが何人もの女たちや我が子のための生活費を、画を描き続けることで工面していた事実など勝は知らなかったし、知りたくもなかったろう。

勝は日々、画を描いてはいるが、正確には描くふりをして自分を騙していた。マンションに溜まっていたカンバス類はまとめて画材屋に引き取って貰い、代わりに一〇〇号のカンバスをマンションの画室に設《しつら》えた。それにはコバルトブルーの地にモーブ（赤紫）、エメラルドグリーン等、さまざまな色が乗せられ、一見、水の中の吹き流しにしか思えないが、勝は〝民族〟と名付けている。

勝は日に一度、この巨大な未完成の画に向かって絵筆を執る。吹き流しに見えるオブジェの色をその日の気分で変える。勇の危篤で呼び出された日はぱっと明るいレモンイエローを絵筆にたっぷりと含ませていた。やり手の社長である勇は勝にとってまり子ほどではなかったが、強いストレスにはなっていた。何より跡継ぎにと期待されているのが堪らない。父親がうまく死んでくれれば、重く太い二本の鎖のうち、一本からは解き放たれるかもしれないと思ったことは何度もあった。

だが、今、あの瞬間感じた幸福は消えていた。勝は日課の〝民族〟の前に立っている。今日の気分はプルシャンブルーだった。暗く閉ざされているだけではなく、底知れない不可思議さを秘めている深海の色である。祐希という名の異母妹の存在がその色に重なっている。そしてプルシャンブルーのチューブを右手の指でぎゅうぎゅうと押して、大きな画布の上にくねくねと広げてみた。

「たかだか教師で冴えない女だったじゃないか」

口に出してやっつけてみたが、その色はすぐ真上に置いた勝の好きなレモンイエローの吹き流しへと浸潤していく。酒を飲んで気を晴らすしかないと思ったとき、インターホンが鳴った。

「わたしです、TAKE食品の経理の森です」

あいつもいたなと勝は思い出した。弘美とは当人が会社の用向きで訪れてきた時、化粧からストッキングまで流行で全身を固めているのについ惑わされ、ピカソにあやかって押し倒した。というよりも、勝が抱き寄せようとすると、弘美の方から身をくねらせ、キスを求めてきたのであった。女に慣れている勝は、あまり面白いとは思わなかったが、ピカソも時にはこの手の据え膳も食ったろうと思いつつ、どんと押し返して絨毯《じゅうたん》の上に転がした。

こうした流れも悪くはないと思ったのは数回ほどで、二ヶ月も経たないうちに飽きてしまい、弘美とはそれっきりになった。それに何より請求書の類を集めにくる係が、「わたくしの仕事でございました。お許し下さい」と弘美から三浦に代わってしまった。

「何か用？」

勝はインターホンの向こうへ気怠げな声を出した。

「三浦秘書室長の使いでまいりました」

弘美の口調は落ち着いていて、勝は解錠のボタンを押した。

勝は飲み物が他になかったので最高級のナポレオンをリキュールグラスに注いでぐっと空け、弘美の前にも置いて勧めた。

お決まりの悔やみの言葉を連ねた後、弘美はバッグから紙を取り出して広げた。

「これをご覧いただけますか？」

思い詰めた表情の弘美はしばらく見ないうちにまた化粧が濃くなっている。

勝は弘美から渡されたコピーを懸命に拾い読んだ。母親のまり子が、「読み書き算盤なんて貧乏人のすることよ」と言い続けたせいで、幼い頃、知能指数が高いと言われたにも拘わらず、気がつくと勝は読書や計算が不得手になっていた。それでも今は何とかどんより澱んでいる頭をフル回転させ電卓で勇の財産の総額を計算しようとしたが所詮無理だった。

「亡くなられた社長の総資産は相続税評価額で十億八〇〇〇万円です」

弘美は勝にたっぷり時間を与えたあと、金額を伝えた。

「ここから全員で分けるんだろ？　足りないよ」

「わたしたち庶民には到底手が届かない額ですけれど」

「庶民と一緒にされちゃ困る」

勝は苛立ちの矛先を弘美に向けた。

「わたしは、このほかにも社長の遺産はあるんじゃないかと思っています」

思わず勝は身を乗り出した。

「社長は亡くなったお母様のために故郷の富山の生家を増改築なさっていました。プレゼントなさった名画や現金もあったかと思います。お母様がお亡くなりになった折には、今回と同じように、お母様の遺産の総額を三浦秘書室長が書きだして、塚本弁護士会計事務所に送っていらっしゃいました。合わせて二億ほどでした」

その時は単なる興味にすぎなかったが、弘美の上役の経理主任が不在のとき、やはり、今回のように三浦から頼まれたコピーを盗み見ておいたのである。

「画が好きだったのは祖母さんだよ。祖母さんが死んでからこの方、おやじは画なんてものは買ってないはずだけど」

勝は祖母の形見にピカソの銅版画などを、孫の自分が貰い受けたいと父親に談判したが、勇は無言だった。

「でも、本当にこれだけなのかは」

しばし弘美は勝が手にしている、勇の財産目録コピーを射るような目で見た。勝は無意識に、母まり子を見るときのような畏怖の眼差しを弘美に注いでいた。

「勝さんはいずれTAKE食品を継がれる方ですから、下世話な金銭のことで思い煩わないで欲しいんです」

弘美は見え透いた世辞を口に出した後で、すぐにしまったと気づいて俯いた。だが、自分を見直している勝の目に、漲る依頼心を見て取った弘美は顔を上げて熱い視線で応えた。そして、この時はっきりと自分の目的を確信した。この馬鹿なお坊ちゃまと結婚して、ピカソ、ピカソとおだてながら安楽できらびやかな暮らしを満喫するのだ。

それからしばらくの間、弘美は勝のベッドの上で過ごした。あろうことか、勝ははじめのうち、弘美を楽しませることができなかった。弘美の誘いに乗って、押し倒す流れになった時とは別人のようだった。

「何か、心配事でもおありなのですか？」

弘美は勝が法定相続人で金を得る権利がある以上、どのような場面でも敬語を使おうと決めた。

「ん、ちょっと」

勝は不安でならなかった異母妹の話をせずにはいられなかった。

「勝さんの相続分が減りますね」

「死んだ親父とただ血が繋がっているだけで、俺たちとは会ったこともなかったんだ。あっさり放棄してくれないものかな。俺が俺でいるためには金がずっと続かないと困るから」

勝の切なる願いは、身勝手の限りであった。

「むずかしいでしょうね」

相続放棄は、相続分を超える借金まで相続しなければならない時とか、自分が明らかに不利を被る時の切り札であった。

「君が異母妹でも遺産、貰おうとする？」

ありえない愚問だった。

「君がその娘なら、放棄してくれる？」

勝の目が光った。

「もちろんです」

同時に生気も漲ってきたのか、勝はいきなり弘美に平手打ちを食らわせた。〝あんな奴、あんな奴〟と叫びながら、二度、三度と左右の頬が打たれ続ける。しかし、弘美は耐えた。これだという確信をもう一つ得た思いだった。この男が得る金の重みを思えば、これしきの暴力など物の数ではない。平手打ちがやっと収まったところで勝は弘美の身体の中に入ってきた。

繰り返される激しい時が過ぎた後、弘美は洋服を着ながら、身内の病気を理由に会社を出てきてよかったと思った。腫れ上がった両頰は家に帰ってすぐ冷やせば、明日には何とか治っていることだろう。

「こんなこと、今までしたことなかったんだけどね。どうしたんだろう、俺？」

「社長がお母様にプレゼントされた画が、どうなったか調べてみます。社長は他に何かおっしゃっていませんでしたか？」

「親父は俺が学校の美術助手になったとき、三年勤め上げたら、高山《たかやま》画廊の逸品をプレゼントしてもいいって約束してくれたんだよ、それも今はどこにあるのやら」

高山画廊といえば日本一の西洋画商だ。油彩、彫刻、版画が主で、五百人以上の画家を取り扱っている。売買の仲介や画集の出版だけではなく、有望な新進画家の発掘にも力を入れている。創業者の高山修太郎《しゅうたろう》が富山出身ということもあり画廊は富山をはじめ、銀座、名古屋、福岡、軽井沢、パリ、ニューヨーク、台北にもある。

「お祖母様が亡くなってから、富山の家に、どなたか訪ねていかれたのでしょうか。お祖母様の家に、まだ画が残っているかもしれないですし、行ってみる価値はあると思います」

弘美は思い切って誘ってみた。

「富山、遠いなあ。何かそれ、意味あんの？」

富山で行われた祖母の葬儀にも、勝は参列しなかった。

「画には奥様も興味がなかったから、お祖母様に全部託したってことはないのでしょうか。社長にとっては、特別な場所ですし」

弘美は頷いて頬のひりつく痛みを感じつつ無理やり微笑んだ。弘美のやや幅広で顎が尖った顔は両頬が腫れているせいで大きな赤カブを想わせた。

「君、赤カブみたいだ、アハハ」

無邪気に笑う勝をいい気なものだと思った弘美は、

「帰りは金沢から飛騨高山へ出てみましょうか。あそこの朝市の名物は赤カブ漬けですしね。テレビの赤かぶ検事奮戦記、あたし、欠かさず見てるんですよ」

やんわりと富山行きを承諾させた。

帰宅前に一旦会社に戻った三浦に、横尾《よこお》製作所から電話が入った。

「できましたか」

三浦の声が華やいだ。勇と三浦がかねてから頼んでいたのは、アロマポットと名前を決めた試作品であった。秋口にハーブ原宿を訪れた三浦は、聞き慣れぬオイルの数々、そしてアロマランプと称する直径三、四センチのアルミの型に入った丸い蠟燭《ろうそく》を入れるランプが売られているのを見て、何か儀式めいたものを感じて気になっていた。ちょうどハーブ原宿の常連客と喜多川との会話から、ローズやイランイラン、レモングラスなど三十種以上のハーブオイルの存在を教えてもらった時、勇と三浦はまだ日本に浸透していないこのオイルをどうにかできないものかと額を寄せあったものだった。

　届いたアロマポットの試作品は、直径十センチほどの円柱形の白い陶器で、表面には葉の形がレリーフされている。持ち上げてみると、下の受け皿には豆電球がセットされていて、畳んである電気コードと繋がっていた。円柱形の上に置く皿は別に包まれて添えられていて、これには僅かに抉れたくぼみがあった。ここにラベンダーやミントのオイルを垂らして、コードプラグをコンセントに差し込めば、豆電球が点いてその熱で馥郁《ふくいく》とした芳香が漂い始める。

　ハーブ原宿で売られているものもこれに似た円柱形で、上下に皿があるところまでは似ているがコードは付いていない。コードを逃がす後方の半月形の穴の代わりに、正面に炉を想わせるアーチ形の穴が切られている。そこへ火を点《とも》したアルミの型に入った小さな丸い蠟燭をセットし、上の皿にオイルを垂らす。これほど狭い空間では蠟燭の火力はかなりのものとなり、強い芳香が広がる。ただそれは十五分ほどの間に限られ、蠟燭が燃え尽きてしまうと、ほどなくぱたっと芳香までもが消えてしまう。もっとも、あそこまで強い芳香をたとえ一時であっても、日本人は好まないような気がする。

そして一番の問題はアルミ製の型に入った丸い蠟燭であった。そもそも一般的ではないため決して安くない。その上、間違ってランプを倒しでもすれば火事になりかねないので、子どものいる家では敬遠されることだろう。

こうしたハーブ原宿の商品の欠点を徹底的に研究や改良し、勇と三浦が試作したのがこのアロマポットであった。もちろん、改良したものはハーブ原宿のものよりは多少割高になる。けれども、高い蠟燭を買い足す手間もかからないとなれば、むしろ経済的と言っていい。そして、ここまで安全に仄かな芳香を楽しめるとなれば、ハーブ人気を少しでも盛り上げられるかもしれないと三浦は思っていた。

以前の三浦は、ハーブ事業は正直、乾燥した花や草を袋に詰めたり、まるで手芸教室の延長ではないかと思っていた。ただ、勇に言われるがまま、ハーブのことを調べ始めると、花や葉、茎、木、樹皮、果皮等から搾り取るエッセンシャルオイルは、香道にも通じる豊かな香りの文化と、デオドラントや石鹼のように日々の暮らしと切っても切れない関係であることに気づかされた。あと一年もすれば苦情がふくれあがり廃れるダイエット食品と異なり、ハーブ事業は地味ではあっても、息長くＴＡＫＥ食品の主軸となるだろうと三浦は確信した。

開けていない試作品のアロマポットと一緒に、ラベンダー、ミント、パインニードルの各オイルを梱包した。送り先は祐希である。

前略
その節はいろいろお世話をおかけしました。今日は、勇社長とわたくしとで進めていた事業の一環であるアロマポットなるものをお届けいたします。これは西洋のお香とでも言うべきものです。

年が明けたら通知が届くかと思いますが、四十九日の法要は一月末になります。これはパーティー形式の故人を偲ぶ会でもありますので、お心のままに出欠をお決めください。
ただ、偲ぶ会のあと勇社長の遺産相続のお話し合いがあります。これには法定相続人皆様のサインが必須ですので、ご欠席なさるのであれば、後日そちらまで担当者が伺います。
お父様のご逝去という悲しみが、このプレゼントで多少は癒されることを切に祈っております。

草々

三浦明

藤川祐希様

三浦は、出来上がったアロマポットを勇に供えるべく武光家に赴こうと思った。身仕度は整えようと鏡を見ると、皺と頰骨が際立って疲れた顔がそこにはあった。今日はとてもまり子と対峙する気力がない。勇の死後、より一層華やかで傲岸にみえるまり子の笑顔が浮かんでは消えた。

七　義弟・武光誠の話

年が明けた。喪中とあって目白の武光家を訪れる人はいなかった。

「どうせ、まっちゃんは来ないからお正月はあたしと叔母さんだけだね。おせち、太蔵デパートに頼むと配達してくれるって、田中さんが教えてくれた」

「そんなもの取っちゃったら、おまえのすることなくなるでしょ」

まり子は全く乗らなかった。敦子は仕方なくスーパーで買い出しをして、例年通りのおせち料理を仕上げた。敦子は好きなショートケーキ作りこそ上手いが、他の料理はさっぱりなのだ。煮染めの人参や里芋、蓮根、牛蒡《ごぼう》等は味付けが薄すぎることもあるのだが、材料をショートケーキに使う小麦粉や卵、いちごほど吟味しないで安売りに飛びつくこともその一因であった。

ただ、まり子の好物であるぜんざいだけは、一生懸命作った。砂糖と水で煮るだけのぜんざいは手順さえわかっていれば、まあまあの味に仕上がり、勇も密かに楽しみにしていた。それほど武光家の正月の料理は味気ないものだった。

一方、誠は二日の朝、焼いた鰤《ぶり》の入った広島ならではの雑煮を食べた後、「今日は出かけるよ」と妻に一声かけた。医大生になったばかりの一人息子の翼《つばさ》は、贅沢にもヨーロッパへ旅行中であった。

「喪中にお年始ですか？」

妻の光代《みつよ》が不審そうな顔をした。広島の大病院の末娘である光代とは見合結婚である。練馬区貫井にある一戸建ては光代とその父親二人の名義である。何かといえば実家の後ろ盾を口にしないではいられないのが、もう何年も前から鼻についてきていた。

妻とその父親が溺愛して甘やかしたせいで、翼は三浪してやっと去年、私立の医学部に滑り込んだが、入学金は光代の実家が出している。息子が幼い時こそ、家族で旅行もしたし、団欒《だんらん》の楽しさも共に味わったが、高校生の頃から、誠は完全に蚊《か》帳《や》の外に置かれてきた。あからさまではないが、金のない奴はたとえ夫でも、余計な口出しはせずに黙っていろといわんばかりだった。

「義姉さんと、兄さんの偲ぶ会についての相談があるからね」

誠は愛車のフォルクスワーゲンを運転して目白へと向かっていた。我知らず眉間に皺を寄せているのには理由がある。誠と年齢の違わない系列病院の勤務医が書いた論文が、医学雑誌に掲載され、その彼がこの四月から助教授として転任してくると決まっている事実がまず一つ。彼を推したのが退任間近の現教授であり、誠と同じ助教授の地位に就くとなると、次期教授に推薦されることは目に見えている。日本医師会の幹部である光代の父親は、この流れをどこからか知ってこう告げた。

「大学の医学部は教授になってこそだ。見込みが薄いとなれば、わしの病院を手伝ってくれないかね。副院長として迎えるよ」

義父が理事長の病院は、光代の兄が院長となって継いでいる。

勇とは血の繋がった兄弟ではあったが、医者の誠がTAKE食品の経営には一切口出しせず、乞われるままに協力だけに徹していたから上手くいっていたのだと思う。それでも医学部の学費や無給の研修医時代等、勇には並々ならぬ恩義を受けていたという感謝の気持ちが大きかったので、言いたいことの半分も言わずに穏便にやってきた。

これが血の繋がりもない義父、義兄相手で、しかも一応は副院長という経営者側に居なければならないとなると、ただ顔色窺いのお追従優先の毎日となる。それぱかりはご免だと誠は強く思った。何としても上に立ちたいと、教授を目指してきたが、それが駄目ならば全く別の形で、医者という資格を生かして成功したいと誠は切に願っていた。

新年とあって、普段は渋滞している目白へと続く道路が空いている。誠の車は信号で止まる以外はすいすいと飛ばしていく。年末に兄勇が不慮の死を遂げた時、悲しみが去ったあとは、ずっと夢に描き続けていた透析病院のことを思い出した。赤字知らずの今のＴＡＫＥ食品なら、医療部門を会社の定款に加えることができるはずだった。

武光透析クリニック、院長武光誠、この文言と白亜の透析病院の幻影に誠は取り憑かれはじめた。勇が死んでから、強引強欲な義姉まり子の前では何も言えずじまいだったが、勇の懐刀だった三浦に、透析病院設立の計画を話してみた。いくら勇に見込まれて重役相当の仕事をこなしているとはいえ、三浦の肩書きは秘書であり、もとより株主でもない。その点、自分は三〇％のＴＡＫＥ食品株を所有している。勇の株と三浦の実行力が得られれば、ＴＡＫＥ食品の後継者になることも夢ではないと誠は考えたのである。

三浦に以前から練っていた透析病院のプランを送ると電話が掛かってきた。

「ご丁寧な計画書、ありがとうございました」

三浦の口調は常と変わらず、受話器の向こう側で頭を下げ続けているかのように穏やかであった。

「うまくいきそうだろ？」

誠は横柄な受け答えをした。

「たしかに高齢化社会は迫ってきていて、人工透析で生き延びる高齢者も多いとは思います。ただ、今現在、透析病院が少ないだけで、いずれそう時を置かずに透析病院は増え続け、中には経営不振に陥るところも出てくるのではないかと思います。透析病院建設には機器だけではなく患者の送迎サービス等、大変な額の投資が要るので、経営不振が極まった場合、本体のＴＡＫＥ食品まで倒れてしまいかねません」

受話器の向こうの三浦は淡々と話した。

「僕の考えるようなことは誰でも思いつくというのか？」

「ずっと飽和状態で経営難に喘いでいる歯科医院が、このところ眼科医院を羨んでいるという話を耳にしました。眼科医院は開業に金があまり掛からず、身内経営の眼鏡ショップと組むことができて旨味があるというのでしょうが、こうした眼科医院だって増えすぎれば、やはり廃業の憂き目を見ることになります」

「それじゃ、君はＴＡＫＥ食品の未来について、どんな展望を持っているというのかね。まさか、このまま、社会問題にされかけている〝自然の宝〟のようなインチキを作り続けていけるとは思ってはいないだろう？　近い将来サプリ開発も必須になるだろうが、大手は競い合うようにサプリの研究施設を建てている。いつまでも〝自然の宝〟ではやっていけないはずだ。兄はその点をどう考えていたのか知っているなら、教えてほしい」

極力感情を抑えて抵抗した。

「おっしゃる通りです。ただ、三食のうち夕食だけをこれに替えるよう、但し書きに明記している〝自然の宝〟はインチキではありません。それとわたくしは社長の近くにはおりましたが、ただの秘書ですので、社長の胸中までは与《あずか》り知らぬところです」

三浦はあっさりと認めて引き下がりつつ、何も教えてはくれなかった。

与《くみ》しやすい相手だと侮っていただけに三浦のお惚けぶりには、誠は怒り心頭に発した。それから、誠にとって三浦は食えないやつのままである。

現在まり子が所有しているＴＡＫＥ食品の株は一〇％、配偶者であるまり子には遺産の二分の一までの相続権がある。勇の保有する株の内、二五・五％分を得て筆頭株主になるだろう。

まり子が社長になれば話にならない勝と違って、三浦を抑えられる。

好景気が続いていて、日経平均株価がぐんぐん上がっている昨今、高騰する都内の不動産の総計価格で、アメリカ全土が買収できるという新聞記事を読んだこともあった。銀行は利息も高いので貸し付けたくて仕様がない。三浦は透析病院の将来に懐疑的だったが、誠の勤める私立大医学部では、癌の早期発見等自身の健康のためには金を惜しまない富裕層を対象に、会員制の予防医学を標榜《ひょうぼう》する検診クリニックを六本木に新設することを決めている。銀行の熱心な融資勧誘に後押しされてのことであった。

まり子は派手なことが好きだ。リッチな検診クリニックの向こうを張って、未来型の高級透析病院を建てると提案したら、間違いなく乗ってくるだろうと誠は思った。

まり子の関心をなんとしても、こちらへ向けさせなければならない。誠は決意したが、まり子という女がいまだによくわからなかった。光代に内緒でナースや女医を摘まみ食いしてきたが、傲岸とも我が儘とも一味違う、まり子のような女には会ったことがなかった。一時、あまりの金への執着ぶりに、ディケンズの〝クリスマス・キャロル〟のスクルージ爺さんの女版かと思ったことがあった。一緒に飲んで酔った弾みでその話を勇にすると、「スクルージは最後には改心するじゃないか。だから違うよ」とあっさりと否定した。

まり子には、並みの女にはない底知れぬバイタリティーがある。毛皮姿のまり子はトラやライオンといったひときわ大きな猛獣を想わせる。これらの猫科動物に人々がずっと惹かれてきたのは、雌であっても常に雄々しい美しさで、優雅な毛繕いの様子とは裏腹に、計算ずくで俊敏にして冷酷無比な狩りをする天才だからではないか。

正直、誠はまり子を攻略、陥落させる自信など皆無であった。それでも自宅さえ自分のものではなく、担保は給料だけという誠には、如何に貸したがりに転じている銀行とはいえ、巨額な融資をしてくれるはずもなかった。今は何としても、ＴＡＫＥ食品の後ろ盾が必要で、社長になることができるまり子にすり寄っていくしか、透析病院設立の目はないのだった。

「よく来てくれたじゃないの」

まり子は誠の来訪が心の底から嬉しそうで次の言葉に感情を込めた。

「誰も来てくれないからつまらなかったのよ」

「喪中だし、義姉さんも疲れが出てるんだろうから、どうしようかとは思ったんだが、偲ぶ会のことでいろいろ相談があるだろうと思ってね」

まずは仏壇の勇に参った。勇のぎょろりと見開かれた大きな目と分厚い唇、猪首が印象的な遺影が飾られている。それを見ていると、誠は何やらあの世から勇に咎められているような気がした。勇が生きていたとしても、透析病院設立の案に賛同してくれるとは限らないのだ。TAKE食品をここまでにしてきた勇は、持ち前の商売に対する勘だけではなく、冷静沈着、目先の利得に惑わされない長期的視野の持ち主であったから。兄が死んでいなくなった今こそ、千載一遇の好機であった。

仏壇のある八畳間はぐるりと胡蝶蘭の鉢やバラが活けられた花瓶で埋め尽くされている。部屋の中ほどに炬燵《こたつ》が切られていて、脇の座布団の上には花札が散らばっていた。

「叔母さんとずっと、こいこいをやってたんだけどね、あたしが弱すぎる、つまんないって。誠さん、替わってくれない？　あたし、今日はぜんざい煮なきゃなんないし」

敦子が言った。

「いいですか？」

誠は炬燵に入っているまり子に恐る恐る訊いた。

「いいけど、誠さんなら一文千円よ」

こうして誠はまり子の花札の相手をする羽目になった。花札のこいこいは難しいゲームではない。松、柳、桜、梅、桐、菊、牡丹、萩等の札の基本的には絵合わせである。

「兄さんとも手合わせしてたんですか？」

仏壇から線香の匂いも流れてきていたせいか、誠は亡き兄の話をしなければという心持ちになった。

「うちの人と勝負したことなんてないわよ」

花札を切るまり子の手さばきは惚れ惚れするほど見事であった。

「とにかく、こういうことは下手《へた》で弱くて、トランプのばば抜きだって、勝に負けてたからね」

「たしかに思い出せば、とことん好きじゃなかったな」

誠には医学部に通っていた頃、麻雀に溺れて借金を作り、勇に助けてもらったことがあった。

「俺は賭け事は嫌いなんだ。真剣になる奴の気がしれない。汗水垂らさず勘だけで、一儲けしようっていう堕落した心がけが何とも嫌だね。人は一にも二にも努力で利を得るべきだ」

これには胸にずしんと重く響くものがあって、以来、誠は麻雀を含む賭け事にいっさい手を出していなかった。

配られた八枚の自分の札を捨てて、場にあった八枚の札、もしくは相手が捨てた札を拾うだけのことだと、高を括って続けていた誠だったが、とにかくまり子は強かった。一文、二文、三文と先手を打たれ、そこで止めてくれずに、こいこいと続けられると、あっという間に三十文、三万円も負けてしまった。これは自分がまり子におもねろうとしているがゆえなのだと、自分の心を分析した。

「ぜんざいできたよ」

敦子がダイニングに呼んでくれて、誠はほっとした。

「誠さんは勇似だったのねえ」

まり子は薄《うす》ら笑いを浮かべた。

「義姉さんが強すぎるんですよ。あるんですか、必勝の秘訣が？」

誠はぜんざいを食べながら訊いてみた。

「相手を鴨だと思って、絶対負けない、損しないって念じること。ほかのことは一切考えないの」

まり子はさらりと言ってのけて、食べ終えた誠が箸を置いたところで右の掌を差し出した。

「おかげで今日はいい日になったわ。敦子とだと一文百円にしかなんないから。はい、頂戴」

慌てて誠は財布を取り出し、一万円札三枚をまり子に渡した。

「お腹も一杯になったし、あたし、眠くなっちゃったわ」

椅子から立ち上がりかけたまり子に、これだけはという思いで誠は追いすがった。

「偲ぶ会なんだけど、三浦から菊花荘の会場を押さえてあるって聞いてる。義姉さんはどんな人たちを呼ぶつもりなのかな？」

「妹たちと、スパで知り合ったお友達に太蔵デパートの田中さんでしょ。三十人ぐらいかしらね。後は三浦のはからいで会社の人たちが適当に来るでしょ」

「うちの光代と義父が是非にと言ってるんですが」

誠の妻と舅はとかく人が集まるところが好きだった。

「大変ねえ、誠さんも」

見透かしているまり子の薄ら笑いは、勇に似ていると言った時とは異なり、かなり意地悪だった。

光代は家では誠をぞんざいにするくせに、外ではぴったりと寄り添ってくる。医者であるうえに背が高く整った顔立ちの夫が自慢でならないのだ。舅の方は通夜でも葬式でも偲ぶ会でも出席さえすれば、婿の実の兄が、事業家としてそこそこ有名人だったことを誇らしく実感できるのだろう。

「舅は義姉さんの大ファンなんですよ。女優みたいだと言ったんで、スカウトされたことがあって、兄と結ばれたせいでなり損ねたとわたしから伝えておきました。ますます興味津々のようです」

ここは絶対負けられないと思い、誠は恥も外聞も捨てて、まり子が最も喜ぶ見え透いた世辞を言った。

まり子が螺旋階段を上っていなくなってしまうと、手持ち無沙汰の誠はダイニングのお守りに目を留めた。小指二本ほどの大きさと厚みで墨の達筆で一陽来復と記されている。

「それ、お金の入ってくるお守りなんだよ。ここから近い早稲田の穴八幡宮《あなはちまんぐう》で買っているの。仏間にもあったでしょ？　ここのは冬至の日の夜十二時に柱に貼って、仏間のは叔父さんが死んじゃってもお金入り続けるようにって、叔母さんにまた買いにやらされて、柱に貼った。御利益は冬至の日に入るぴったり十二時が一番で、春のお彼岸までがその次なんだって。冬至とお彼岸の両方を押さえれば、向かうところ敵無しだって叔母さん言ってた」

敦子は、ぜんざいを食べる手を止めて説明した。

「実はここにまだあるんだ」

ダイニングに置かれている、縦長のアンティーク調の小簞笥《こだんす》の二番目の引き出しを開けた。

「せっかくだから、二度目に穴八幡へ行った時、五個ほど余分に買っといたんだ。この穴八幡のお守り、夕美叔母さんたちも欲しがるんだよね。このお守り一つ三千円なんだけど、まり子叔母さんは五千円で夕美叔母さんたちに売ってた。今年も叔母さん、きっとそうするだろうと思って。買いに行かされた時売り切れで、なかったなんて言ったら、叔母さんに叱られちゃうでしょ」

敦子は叱られるという言葉とは裏腹にしごく楽しそうに話していた。

「誠さんのところもやらない？　一陽来復」

まり子はとっくに二階だというのに、敦子は声を潜めた。

翼の医学部受験に長くつきあってきた光代にも信心深さがあるにはあったが、湯島天神へ学業成就、合格祈願のお札を貰いに行き、絵馬を奉納し続けたのは一昨年までのことだった。翼の合格には舅が裏で相当の金を投じたはずなのに、代々の医家のプライドゆえなのか常に金は汚いものと見做していて、金運専用のお守りを家の中に貼ると告げたら嫌な顔をするだろう。

「せっかくだがうちは要らないよ。これ以上義姉さんの毒に中《あ》てられては困るから」

誠も声をくぐもらせた。

「叔母さんの毒って？」

敦子の目がぴかっと一瞬光った。やはりな、と誠はほくそ笑んだ。

「世の中、景気がよくてマイホームだの、買い物だの、海外旅行だのって、みんな好きなことといっぱいしてるよね。敦ちゃんはしなくていいの？」

「叔母さんに喫茶店出すから、敦子はコーヒー美味しく淹れたり、ケーキ作れる学校に行って手伝ってって言われて、夜に新宿まで通ってたことはある。でも、そのうちに叔母さん、コーヒーやケーキじゃ大して儲からない、バーにしてお酒出すから、バーテンダーの学校に行けって。行くには行ったんだけど、カクテル作る練習ばっかり。あたし、沢山あるお酒の名前、全然覚えられなくて、結局三ヶ月コース、卒業できなかった。叔母さん、しばらく口きいてくれなかった」

思い出した敦子はしょんぼりと肩を落とした。

「辛かったね」

「でも、何年か前に太蔵デパートの宝石会に一緒に連れてってもらったこともある。みんな、娘みたいだって言ってくれて、あたし嬉しかったな」

敦子はにっと笑った。

「敦ちゃんは、とことん叔母さんが好きなんだね」

「叔母さんと居れば、ここみたいないい家に住んで、美味しいもの食べて、叔母さんが着たものや化粧品なんかも貰えるもんね。それだけで娘みたいなもんだよ」

「じゃあ、ほんとの娘にしてもらったらいい。敦ちゃんこんなに可愛いんだから」

妻以外の女たちに言い慣れた言葉がするっと出た。敦子の顔が赤くなった。

「敦ちゃんの大好きな叔母さんのことを僕も大事にしたいと思ってる。義姉さんに何かあったら大変だものね。敦ちゃん、このところ、三浦さんはよく来てるの？」

誠はここが肝心だと狙い澄まして訊いた。

「三浦さん？　時々電話あるけど、叔母さん、あの人、好きじゃないみたい」

「叔母さんが最近、よく電話している相手っている？」

「それなら、日新証券の今泉《いまいずみ》さん。ここ何ヶ月か、毎日のように掛かってきてる」

まり子が高騰し続けている株に手を出していることをこの時、誠は初めて知り驚いた。同僚たちとの飲み会でもしばしば株や不動産の高騰は話題になっていたが、儲けを大きく出すには医者を辞めて専従し、アナリストや不動産屋になるしかないという笑い話で終わっている。

「それ、死んだ兄さんは知ってたの？」

生前の勇は高騰する株や資産を増やす投資話に無関心だといつも断言していた。

〝株だけは社長の道楽で済まされるはずもない代物、人の欲を操る魔物だ。常にありとあらゆる情報に精通して、命がけで取り組まなければ、それこそ命を取られるからな。俺はゲームなんかに殺されるのはたまらない〟と。

「誰にも内緒だよって叔母さん」

勇が知っていたら、必ず止めたはずだと誠は思う。

「銀行の人が家に来てたことは？」

「あったよ」

「敦ちゃん、これからは、とにかく、叔母さんに掛かってきた電話や家に来るお客さんがいたら、ちゃんとメモしとくんだ。何か困ったことが起きるようだったら、僕のポケベルに連絡してもいいから」

敦子が正確に動けるとは思えなかったが一応、誠は指示してみた。

「話、そんなにむずかしくないよ。叔母さん、二分か三分で切っちゃうもん。いつも〝いいようにして〟って、それだけだもん」

やはり、信用取引だったのだと誠は背筋の辺りが寒くなった。日経平均株価がこのまま上がるのならよいが、そうとは限らない。まり子が信用取引をするほど大きく株を買っているならば、銀行に多額の借金をしていてもおかしくない。

「それにしても、何を担保に」

「叔母さん、銀行に三億円の定期持ってたから」

意外にも敦子は的を射た答えをした。敦子はとぼけているのか、本質を捉えているのか分からない目で、誠を強く見つめていた。株への投資のくわしい内容がわからないので、銀行に借金を返せるだけの金がまだ残っているかどうかは疑わしい。とにかく、素人はこれ以上、さらなる高騰など期待せず、いくら証券会社の社員がまことしやかに勧誘してきても、聞く耳など持たず、市場が開いたら早々に持ち株を売りさばくしかないと誠は思った。証券会社の言うままに、売ったり買ったりしていたら、担保の三億円はいずれ銀行に回収される。

相続を経験した同僚が言っていたが、亡くなった被相続人の借金は遺産から引かれて相続税の軽減につながるが、相続人の借金には何の控除もない。自分の全財産のほとんどを失ってしまい、〝勇の財産は全部、あたしのものよ〟と叫ぶまり子の姿には、きっと常にもまして鬼気迫るものがありそうだった。

「叔父さんも持ってたんだよ、四億円」

敦子は思いがけず誠の興味の中枢に迫っている。法定相続人ではないというのに、誠は勇の遺産についてはどんなに些細なことでも知りたかった。そもそも誠には勇が死んでからこの方、どうして血を分けた、たった一人の弟の自分に遺産を受け継ぐ権利がないのだろうか、法律は不公平だという憤怒が溜まりに溜まっている。

「叔母さんが株始めたの、叔父さんと喧嘩してからだったよ」

家では無言の行に近かったあの勇が、義姉と喧嘩とはますます誠には興味深かった。

「喧嘩の理由、何だったの？」

「朝ご飯の時、叔父さんが〝俺の銀行預金の通帳を出してくれ〟って言って、叔母さんが〝あれは二人のもんでしょ〟って出さなかったから、叔父さんが二階の箪笥から持ち出してきて、〝名義が違うんだ、これは俺のぶんだよ〟って。叔母さん、〝酷い、酷い、泥棒〟なんて騒いでたけど、叔父さんは取り合わずに会社へ行っちゃった。それからだよ、叔母さんが株始めたの」

「その前に叔母さん、株の話、兄さんにしてなかった？」

「叔母さんが通ってるスパのお友達がヘソくりで株買って、洋服や宝石買い始めて、その話、叔母さん、叔父さんによくしてた」

「兄さんは何て？」

「〝素人のしかも奥さんたちやＯＬまでもが株を買い始めるようでは、終わりも近いんだからやめときなさい〟って」

「なるほどね」

頷いた誠に敦子は、大真面目に訊いてきた。

「叔父さんのその四億円、今頃出てきた、叔父さんの娘の祐希って女にあげちゃってるなんてことないのかな？」

「さあねえ」

正直、兄に限ってそんなことはあり得ないと誠は確信している。兄がまり子のもとから自分名義の通帳を取り上げたのは、何事も一番の勝者でありたいまり子が、女友達の株買いによる小遣い稼ぎに対抗するべく、毎日のようにアポもなく押しかけてくる、証券会社の営業戦略にいずれ乗ってしまうとわかっていたからのように思われる。勇はその社長個人の金を、心血を注いで築き上げてきたＴＡＫＥ食品のために、使おうと決めていたはずだ。いったい、何にどう使ったのか？　もう三浦とは話をしたくなかったが、近いうちにこれだけは訊いてみなければと誠は思った。

「葬式で会ったけど、中学の先生をしている地味な女だった。そんなプレゼントされてたら、少しは派手になってるだろうし、兄さんは敦ちゃんのことだって、娘みたいなもんだって始終言ってたからね」

このあと、意外にも敦子が役立つとわかって、誠は彼女が喜びそうな言葉を口先で連ね続けた。

八　元教師・八橋京子の話

藤川祐希が勤める中学は期末試験が済んで、二学期の終業式の翌日から翌年一月の三学期の始業式まで休みであった。

この冬の大雪はありとあらゆるものへの浄化につながると祐希は信じたかった。普段見慣れている道路や建物等が白一色に変化すると、自分自身の心に宿る利己的な妬み、嫉みなどの醜悪な部分がふっと一瞬、掻き消える気がするからだ。

三浦から届いた小包を見ると、自分はＴＡＫＥ食品社長の故武光勇の娘で、正妻のまり子や嫡子の勝に立ち向かわなければならないのだという事実が、再び重くのしかかってくるのを感じた。それもあって、三浦がくれたアロマポットなるものを試してみる気は湧いて来ず、箱を開けてもそのままにしていた。

明後日から学校が始まるのかと思うと、憂鬱で仕方がない。帰る実家も集まる親戚もいない祐希は正月中、誰とも会わず家に籠もりっきりだった。早めにお風呂に入って寝てしまおうと思っていた祐希に電話がかかってきたのは、夜八時過ぎだった。

祐希が少し緊張しながら指定された横浜のバーに到着すると、赤紫色のフェルトの帽子を被り、青紫色のウールジャージーワンピースを着た女性がひとり座っていた。

「藤川さん、久しぶりね」

一瞬誰だか分からなかったが、八橋京子には教師をしていた頃とはまるで違う、ざっくばらんな親しみやすさが感じられた。祐希は京子の盛り上がりに欠けた送別会に出席した後、意味もなく、後を尾行て、焼き鳥屋まで行ったことがある。それを思い出すと、負い目ではないが、一抹の疚《やま》しさに囚われたのは事実で、突然の誘いを断りきれなかった。

「突然のお電話でびっくりしてしまって、あと、その、先生の印象がすごく違っていて」

「学校を辞めてから、好きなことしかしてないからかもね。藤川さんも元気そうでよかったわ」

京子はラムベースにフレッシュレモンジュースだけで風味づけされている、砂糖なしのカクテル、ダイキリを飲んでいた。

「ご実家でのお仕事は順調ですか？」

祐希が質問しながら酒を選びあぐねていると、カンパリソーダを薦めてくれた。

初めて口をつけたカンパリソーダは漢方薬じみた味がして苦甘かった。

「カンパリは、コリアンダーの種やビターオレンジの皮といった六十以上のハーブやスパイスがブレンドされてるって話よ。絶妙に苦甘かったでしょ？　健康にいいっていうのも何だかお酒を飲む罪悪感減らしてくれるし」

「バーみたいなところは初めてで。お正月もひとりでずっと過ごしていたので、なんだか楽しいです」

祐希はさっきの質問を無視している京子に気付かないふりをして、はしゃいでみせた。

「わたしにもカンパリソーダを頂戴」

すでにダイキリが残り少なくなっている京子は、カウンターの中にいるバーテンダーにオーダーした。

「ダイキリよりは身体によさそうで長寿酒よりはましだもの」

数知れない漢方薬や薬草が混ぜられて、甘く味付けされている長寿酒は、テレビでも宣伝されていてロングセラーの薬酒であった。

「ああいうの、効くと思う？」

京子は深刻な物言いになった。祐希の母は病に取り憑かれて以来、人に薦められて顔を顰《しか》めてよく飲んでいた。

「母には効きませんでした。死にましたから」

頓着なく死という言葉が口をついて出たのは、教師の頃とは違い生き生きとしている京子の姿に少し苛立ったからなのかもしれない。

「母は肺癌だったんだと思います。仕事を休みたくないってことで、近くの医院しか行こうとしなかったんです。それで正式な病名はつけられないで死にました」

「あなた、その時幾つ？」

「十二歳です」

京子はそこで質問を止めたが、普段飲み慣れていないせいで酔いがまわってきた祐希は一気に心の中を話してしまいたくなった。武光家や相続のことを、他人に話すのは、初めてだった。

「生まれた時から父とは離れて暮らしていたので、母の死後知り合いの家に預けられて、大学を何とか出て教師になりました」

カンパリソーダが喉を通ると、言葉がうまく出てくるように思えた。

「このまま、教師をなんとなく続けていくのかなと思っていたら、父が亡くなりました。父もその家族もお金持ちで、父が認知してくれてたこともわかって、お通夜にもお葬式にも行きました。なのに、わたし、ほんとは父が死んでもそんなに悲しくなくて、遺産のほうが気になって仕方なくて」

大人になってから、祐希が他人にこんなにも長く自分の話をしたことなど一度もなかった。京子は好奇の目も向けず、たいして驚いてもいなかった。

「死んだ父はTAKE食品の社長で、やっぱり誇らしいし、自慢したい。そういう自分もちょっと嫌なんです」

「ごめんなさい、会社名は聞いたことあるけど、訃報欄はあまり見ないようにしているから」

京子の声音が少し変わったことに気付いた祐希は、彼女に顔を向けた。

「すみません、自分のことばかり勝手に話して。今日、誘ってくれたのは何かわたしに話したいことがあったからなのに」

震える祐希の肩に京子がそっと手を置いて、バーカウンターの棚を見回した。

「ベネディクチンで、二人分何かつくってもらえるかしら」

京子のリクエストに、バーテンダーは恭しく頭を下げた。正月のバーには、祐希たち以外、客は誰もいなかった。バーテンダーがベネディクチンの棚までいくと、京子はか細い声で話した。

「実を言うとわたし、学校を辞めたのは癌だからなのよ、家の仕事を手伝うからじゃないの。乳癌。再発だからもう長くないって」

祐希は、にわかには信じられなかった。二十以上も年の離れた京子の表情がくしゃっと崩れ、笑っているのか泣いているのか分からない笑みをたたえた。

「カクテルB&Bでございます」

バーテンダーが二人の前にカクテルを置いた。リキュールグラスにベネディクチンを半分注ぎ、その上にそっと比重の軽いブランデーを浮かせた飲み物だ。祐希は京子の告白に耐えられず一口啜ってみた。先ほどのカンパリよりも重めで濃厚な酒であった。

「わたし、あのおざなりな送別会の後、あなたが尾行て来てたの、わかってたのよ。昔、落ちこぼればかりの共学に勤めてて、結構強気だったから、男子生徒の何人かに反感買っててね、夜、家に帰る時は用心する癖がついてるの。けれど、焼き鳥屋にまで後から入ってきた時は驚いたわよ。さすがにあなた、お酒こそ注文しなかったけど、隅の方にいて」

「わたし、八橋先生と焼き鳥屋のご主人やおかみさんたちとの話、聞いてました。どうして、足の手術だなんて嘘言ったんですか？」

「あの店のご主人やおかみさんはいい人だけど声を掛けたり、心配してくれるのも商売のうちでしょ。お互い、ほんとの重い話なんてし合う間柄じゃないと思ってるからよ」

「じゃあどうしてわたしに」

「学校を辞めたら絶対それっきりの相手の後をなんで尾行るのだろうって、ずっと不思議に思ってたから」

「あの時のわたし、父が亡くなったばかりでいつものようじゃなくて」

「遺産が入るとわかって、急に出てきたお金への執着が後ろめたくなって、わたしみたいな、しがない独身の教師の末路が見たかったんじゃない？　こうならないようにするには、お金を欲しがる今の自分も仕様がないんだと思おうとした？」

京子の言葉がきつく突き刺さっているはずなのに、不思議に祐希の心は軽くなっていた。

「先生には酷いですけど、それもあったと思います」

「酷くない、それに全然悪くないわよ、あなたのそういうところ。生きるのにはもちろんだけど、死ぬのにもお金は掛かるんだから。退職金も含めて、そこそこ、けちけち貯えてきてよかったと思ってる。おかげでプリンス・エドワード島に住むこともできるしね」

京子は自分に迫る死を明るい声で語りながら、突然不似合いな単語を使った。

「プリンス・エドワード島って、あの」

祐希は探るような目で相手を見た。

「〝赤毛のアン〟がお好きだったのですか？　プリンス・エドワード島だなんて、

よく旅行されてたんですか」

祐希は訊かずにはいられなかった。少し前に〝赤毛のアン〟の舞台であるプリンス・エドワード島旅行と銘打った旅行社の広告が新聞に載っていたような気もする。

「プリンス・エドワード島は〝赤毛のアン〟の舞台になっていなければ、窮屈な人間関係と曇天と荒波ばかりの陰気な島だという人もいる。まあ、現実はそんなとこでしょ。だから、わたしは自分の住んでるところをアンのプリンス・エドワード島みたいにしようとしたのよ。モンゴメリみたいに小説は書けなかったから。平塚郊外のわたしのプリンス・エドワード島へ来てみない？」

「よろしいんですか？」

職場の呪縛から離れ、遺産や余命のことを語り合った二人の間には、もはや壁など存在していないように思えた。

「もちろんよ。一度くらい、誰かに見てもらいたかったのよ」

祐希は京子に誘われるままに、翌日には平塚郊外にある、バス停からもかなり遠く離れた古民家の前に立った。

「事故物件を借りたから、ずっと只みたいな家賃で助かってるのよ。日本が地上げ列島になっちゃってても、さすがにここまで奥まってると買い手もないしね」

祐希は二階建ての藁葺き屋根の家に入る前に庭を見せて貰った。常緑低木のローズマリーが取り囲むように植えられている。

「よく伸びてすくすく育ってるでしょ。ベランダの鉢植えだとたいていが根詰まりで枯れるんだけどね」

裏庭にはローズマリーの丈をやや超すぐらいの果樹が育っていた。

「お酒好きだからどうしても、リキュールにもなる果実の木を植えてしまうのね。どうせならと思って〝赤毛のアン〟にちなんで、レッドカラントを植えたの。アンがダイアナをお茶会に招いて、いちご水と葡萄酒を間違えてぐでんぐでんに酔っ払わせて、大目玉を食う箇所があるでしょ。あれね、実は翻訳した村岡花子さんがわざと、日本人が知っている葡萄酒に意訳したらしいのよ。本物はスグリの仲間のレッドカラント。このところ、毎年、実をつけてくれるのは嬉しいんだけど、なかなかリキュールにするほどの量は実らないわ。でも、そのうち——」

先を続けかけて京子の言葉は途切れた。しかし、ほんの一瞬黙っただけで、京子は裏庭の左手を指差した。

「あっちはイヌバラと呼ばれている野生種のバラよ。花は地味だけれど、ローズヒップと呼ばれる橙赤色の実は日焼けやストレスや風邪への抵抗力を強める働きがあるの。わたしはバラ酒にしてるから、あとで飲ませてあげる」

京子は庭の見学を切り上げて玄関へと向かった。

「どうしてイヌバラっていうんですか？」

「昔の人はこのバラの実に含まれるビタミンCの働きなんて知らなかったんでしょうね、イヌバラと呼んだのは蔑称。一重咲きで地味なこの野生種が、園芸家たちが美しさの極限を競い合う華麗な栽培種と比べて、まるで価値がないと卑しめてのことだという話を耳にしたことがあるわ」

京子は玄関の鍵を開けながら答えてくれた。一見すると古民家ではあったが、中は一部西洋風に改修されている。居間の座敷には分厚い絨毯が敷かれていて、古びた桐簞笥が三棹並んでいる。隣り合って置かれている長火鉢と丸い火鉢に京子が炭を入れると、少しずつ部屋全体が温まりはじめた。入ってきた時から漂っていたバラと想われる芳香が強くなってきた。

「そこの箪笥の引き出し開けてみて」

京子に言われて祐希は籐でできた箪笥の一段目の把っ手を引いた。まず、ふわーっとバラの芳香に全身が包まれるのを感じた。引き出しには、一枚一枚、乾燥させてある薄ピンク色のバラの花弁《はなびら》が詰まっている。

「二段目も開けてみて。また別の香りがするはずよ」

一段目とは香りに僅かな違いが感じられた。詰められている花弁の色は、やや黒みがかった赤であった。

「大きなビニール袋にどっさり花弁を入れて、バラのエッセンシャルオイルを落として、振り混ぜるやり方もあるけど、わたしはこういうポプリ作りが好き。ビニール袋じゃ通らない風が籐の箪笥なら通って、ポプリは乾燥したバラの花弁の蘇りだって信じられるから」

京子は、箪笥の上に置いてあった、化粧品の試供品ぐらいの大きさの小瓶を手に取った。

「バラの花からはエッセンシャルオイルがほんとにちょっとしか採れないのよ。だから三ミリリットルだけで一万八千円。あと、もう、一、二滴しか残ってないわ」

祐希は三浦から届いたアロマポットの説明文に、エッセンシャルオイルという言葉が記されていたと思い当たった。

「エッセンシャルオイルってやっぱり、どれも高いんですか？」

「バラやカモミールなんかの花から採るものが一番高いけど、ラベンダーとかの葉や茎からも採れるオイルはそうでもないわ」

京子のプリンス・エドワード島である古民家に足を踏み入れてからというもの、曇天だというのに祐希の頭上にはふわふわとあかね雲が広がり続けていた。不思議に心地よい解放感があった。

「一室だけ、気心の知れた大工さんに作ってもらった本格的な洋間があるの」

京子が案内してくれた洋室は壁、床ともつるっとした赤茶の板敷き、板張りで、煙突のある大きな暖炉が造られている。丸テーブルと揃いの椅子、どっしりと大きなサイドボードも赤茶で材質は壁や床と同様に見えた。驚いたのは壁や床、テーブルや椅子から、木ともバラともつかない独特な香りが漂ってきていたことだった。

「この部屋全部、ローズウッドでできているの。伐採のしすぎでもう入荷は無理だと言われたけれど、残っているものはすべて廻してもらったの」

誇らしそうに説明した京子は、祐希がサイドボード上部のガラスの扉を見ていることに気がついた。

「それもアロマ小物よ。バラのポプリを綿と一緒に詰めてみたの」

京子に促された祐希は近寄って扉を開けて、テディベアのぬいぐるみを二体取り出した。香りがふんわり漂うぬいぐるみを手にすると、懐かしい母との思い出が蘇ってくるようだった。引越しが多く友達がなかなかできない祐希のために、端布《はぎれ》でお守りを作ってくれていたことを、なぜ今まで忘れていたのだろう。大学受験のときも、教員採用試験のときも、大切に持っていたはずなのに。

「こういう時って言葉は要らないんですね、縫い物が得意だった母親のことを思い出しました」

「わたしは、早くに両親を亡くしたから母方の祖母に育てられたのね。祖母はね、バラが大好きで、手のかかるバラを死ぬまで育ててた。咲いて命が終わるんじゃ、可哀想だというのが口癖。バラの花が萎れかけると摘んできて花弁をばらばらにして、半乾きにして長く香りを楽しんでいたの。こうやって香りをわたしが大事にするのは、香りなら霊にも伝えられるような気がして」

京子は目を潤ませた。

「明後日から、病院だからここもしばらくは見られないわね」

京子は乳癌の転移巣の化学療法のため、横浜の聖ペテロ病院へ入院するという。

祐希はそれが父親が亡くなった病院だとわかったとき、八橋京子との縁の深さを改めて感じた。

「入院中、プリンス・エドワード島が気になりませんか？」

京子に確かめずにはいられなかった。こんなに手塩にかけて育てたハーブや果樹には定期的な水やりが必要な気がしたからだ。

「まあ、冬でも地面は乾くから一週間に一度くらいの外出許可が出るといいんだけど」

「水やり、わたしがしますから。八橋先生は安心して治療に専念してください」

祐希は躊躇わずに言い切った。

「そこまでお願いするのは悪いわ。あなたの家からは結構遠いし」

「いいんです。そのかわり一つだけお願いがあって。お庭の世話が終わったあと、この洋間に入らせていただけませんか。ここにいると、とても穏やかな気分になるんです。一番大事なことは、こういう場所でしか考えられないような気もしてきて」

「お役に立つならお安いご用よ。泊まってもらったっていいんだから」

こうして祐希は始業式後も毎土曜日の午後にプリンス・エドワード島を訪れ、日曜日には聖ペテロ病院に京子を見舞った。週末を忙しくしていないと、相続や武光家のことを考えてしまうからだった。

一月二十九日の四十九日法要兼偲ぶ会前日の午後になって、勝から三浦に電話が掛かってきた。

「明日、俺は出ないから。けど、俺が何も知らないと思ったら、大間違いだからな。おやじの財産があれっぽっちなわけないだろうが。言っとくけど、俺が見つけた遺産は誰にも渡さないよ。もちろんおふくろにもね。何ならあんたからそう言っといてくれ」

勝はいつになく冷静な口調で三浦に伝えた。

「奥様には、勝様はインフルエンザになって動けないとお伝えいたしますので、明後日にはお戻りくださいますよう。相続はとかく感情が先に立って揉めがちなもの、どうか奥様の感情を逆撫でされることだけはお止めください」

「相変わらず説教か。おまえの説教が気に入らないのは俺もおふくろと同じだよ」

そこでガチャンと電話は切れた。

四十九日の法要が始まる一時間前の九時ちょうどに、まり子の妹たち三人が武光家に揃った。知代は通夜、葬儀と変わらない姿で、畳んで丸めることのできるビニールの手提げ袋の中に、くたびれた革の黒いバッグと携帯用の傘を入れていた。まり子は、知代の顔だけはあえて見ようとしていなかった。

三人は御仏前を仏壇に置いた。知代は金額が二人とは相当違っているだろうことに、後ろめたいような口惜しいような嫌な気分だったが、決して顔には出さなかった。

九時半ちょうどに三浦が訪れ、ほどなくして誠も一人でやってきた。

夕美が率先して立ち上がって挨拶をすると、則江が知代に笑いかけた。

「夕美姉さん、珍しく目立っちゃって」

「相手が医者だからでしょ。医者の妻のエリート意識よ」

「奥様は？　ご一緒では？」

夕美の質問に、誠は取り繕う言葉に窮した。

「伺うつもりでいたのですが、朝になって急用ができまして」

「朝になっての急用って何よ、それ」

則江の意地悪な呟きを聞き逃さず、知代は返した。

「夕方からの偲ぶ会には来るはずよ。ＴＡＫＥ食品の二十周年パーティーを覚えてる？　舅さんまで来てたじゃない、今回も絶対来るわ」

知代の視線が入口近くに向いたのを見て、則江が顔を向けると、勝の言葉を借りればぱっとしない田舎娘が立っていた。一方、相手の毅然とした態度に気後れした敦子は、招き入れてスリッパを勧めたところで、「叔母さん、叔母さん、大変」と二階のドレッシングルームで身繕いの最終チェックをしていたまり子を呼びに行った。

敦子を叱るまり子の怒鳴り声が階下に響き渡っていた。まり子の妹たちは当惑気味に顔を見合わせた。ダイニング、リビングルームと玄関はガラスの扉で仕切られている。リビングルームに陣取っている姉妹たちや誠からは、玄関を上がってすぐの吹き抜けに立つ祐希の姿が見えた。

ほどなく、黒いシャネルスーツに身を包んだまり子がしずしずと螺旋階段を下りてきた。後ろからは花柄の夏のブラウスに赤いウールのズボン、黒いレースのカーディガンを羽織った敦子がつき従っている。

「お待たせいたしました」

まり子は芝居がかって声を張った。

「それから敦子さん、あなたもちゃんと支度をしてくださいな、だからさっき叱ったのに」

敦子に向かって微笑んだものの、眉は引きつり、黒目がちの切れ長の目は冷え冷えとしていて少しも笑っていない。

「いずれ義姉さんから聞いてわかることなので言ってしまいますが、あそこにいる娘さんは兄勇の腹違いの子なのです」

誠は極力低い声で告げた。一瞬、三人は啞然としたまま固まってしまったが、夕美だけが、

「あるのね、こういうこと」

やっと言葉を絞り出した。

仏間に入った祐希は最後列に腰掛けている三浦とほんの一瞬目を合わせた後、横に三席ずつ椅子が並んでいる最前列の左端に座った。右端にまり子が座ると、三浦が近寄ってきて、勝の欠席を告げた。

こうして祐希とまり子は空いた勝の椅子を挟んで座り続けた。まり子の目が勇の遺影に注がれている。その射るような目には、もはや憎しみしか感じられない。祐希はまり子のその目が自分にも向けられるであろうと覚悟した。だが、最後までまり子は一度も祐希を見ようとはしなかった。祐希は持参してきた亡き母の遺影をバッグから出して膝の上に置いた。それを見たまり子は、この時だけ憤りが頂点に達して、大きく首を横に振り、はあはあと荒い息を洩らした。にもかかわらず、決して怒声は発せず、祐希を無視し続けることに腐心した。敦子は花柄のブラウスに赤いズボン、黒いレースのカーディガンを皮のロングベストに替えただけの姿で、十時ちょうどに恩国寺から訪れた僧侶を迎えた。

四十九日のための読経の後は法話と続くが、誰もが勇の供養を願っているとは思えない空気だった。知代はまり子と祐希を意地悪そうに見比べ、誠は偲ぶ会で妻と義父をもてなす憂鬱が迫っているからか、ため息が多かった。敦子は初めて見る祐希を、勝の言葉どおりの女だと確かめられてほっとしていた。

ようやく法話が終わって解散となったが、過度の緊張と憎悪の相乗ゆえに、僧侶に渡すお布施を三浦に促されるまでまり子は忘れていた。


夕方から始まる偲ぶ会まで一旦解散となった。姉妹たちの好奇の視線から逃げるように祐希が武光家を出て駅へと続く大通りまで歩きかけたところで、「祐希さん、祐希さん」と大声で呼びながら三浦が追いかけてきていた。

「ご連絡いたしましたように、相続についてのお話し合いが、偲ぶ会のあとに行われます。奥様や勝さんはある程度のことをご存知ですが、祐希さんにもあらかじめご説明しておかなければなりません。弁護士を待たせておりますので」

三浦はスーパーの前のこぢんまりとした喫茶店を指差した。祐希と三浦を待っていたのは中肉中背で疲れた顔をした男で塚本と名乗り、名刺を差し出した。塚本からはなぜか男性教師たちにも共通する、ある種の青臭さが感じられた。

塚本は簡単に自己紹介を終えると、鞄から税務の書類を取りだした。故・武光勇の確定申告書であった。

「これには法定相続人全員の名前と捺印だけではなく、各々の法定相続分も記さねばなりません。それはすでにこちらで記してあります。鉛筆で囲って祐希さんと書いてある箇所に署名、捺印をお願いします」

塚本が用意していた書類の署名捺印欄には、二分の一、三分の一、六分の一と相続分が記され、三人の中で最も相続分が少ない箇所に祐希は名前を書いて判を押した。嫡出子である勝の半分の遺産が、非嫡出子祐希の相続分になる。

「これはあくまで法定通りの相続分です。この通りになさる方々もおいでですが、年齢を考慮して、次の相続がそう遠い先ではない場合、二次相続で発生する相続税の軽減をはかるのが一般的です。簡単に申しますと若い世代、お子さんたちに多くを譲られるのです」

武光家の場合はまり子がすでに、全遺産の相続という勝手な主張をしているので、こうした常道は通じないだろうとわかってはいた。塚本は普段、慣れているこの説明に空しさを感じていた。

「相続税というのは？」

祐希は生まれて初めてこの言葉を使った。

「これをご覧ください」

塚本は二枚の資料を祐希に渡した。相続税は基礎控除後の遺産の総額が、相続控除額以上の場合に相続人に課せられるものである。たいていの人たちに遺される財産は相続控除額以内に収まる。これ以上の額を相続して相続税を支払う相続人はほんのわずかであった。武光家の相続人たちはそのわずかな部類に入る。

一枚目は相続税の控除額の算出式であった。

「誰もが受けられる基礎控除は四千万プラス、八百万掛ける相続人の数です」

二枚目は額別の速算表である。

「基礎控除後の遺産については、額によって税率が異なります。税率が増えるに従って、控除額も上げられるよう配慮されています」

1億円以下　　　　税率45％　控除額１０２０万円
1億5千万円以下　税率55％　控除額１７００万円

5億円以下　　　　　税率65％　控除額４５２０万円
5億円超　　　　　　税率70％　控除額７０２０万円

「たとえば遺産総額が控除額よりも一千万円多かったとしますと、一千万円に対する税率の二〇％である二百万円から控除額の六十万円を引いた額、百四十万円が相続税になります。現在、わかっているだけで、勇社長の遺産総額はおよそ十億超です」

塚本は説明を続けた。

「それだけ武光社長は多額の資産を遺されたということです」

三浦は祐希の驚愕を和らげようとした。だが、祐希にとって、この事実はあまりに驚異すぎて、すぐには嬉しいという感情が湧いて来ない。空恐ろしくなったというのが事実だった。

「ところで祐希様が法定通りに相続なさったとした場合の相続税は？」

「相続額が一億五千万円以上になるかどうかで変わりますが、七千万にまではならないでしょう」

三浦に答えた塚本は目を伏せた。この若さで一教師の身、とてもおいそれと七千万円近くもの現金の都合がつくとは思えない。

「相続税は、いつ支払うのでしょうか？」

「被相続人が亡くなられたその日から六ヶ月以内に支払わなければなりません。それまでに遺産分割協議書を作成する必要があります。そしてこの遺産分割協議書の提出後、法定相続人たちは協議で決められた相続税を支払う義務があるのです。それに言いにくいのですが、相続税は現金一括の先払いです」

塚本の言葉に祐希は頭痛がしてきて、全身が芯まで冷えていくような気がする。

「一日でも遅れれば延滞税がかかります」

「延滞税ってどのくらいなのですか？」

祐希の声が震えた。

「支払い期限の日から二ヶ月間は年七・三％ですが、これ以降は二倍の年利になります」

全額延滞すれば利息だけで年に一千万円近くになる。

「ご心配には及びません。たとえば故勇社長の現金を遺産として受け取れば、それをあてますから。最少額の延滞税を支払うだけで済むのです。相続税を引くと、祐希さんのお手元にはかなりの額が残ります」

祐希はにわかにその金額が信じられなかった。苦労というものが身についているので、古民家がプリンス・エドワード島になり得る奇跡こそ、実感できても、そんな風に簡単に物事が運ぶとはとても思えなかった。ましてや、これはテレビドラマだったら殺人さえ起きる相続なのだ。女優のようでありながら実は女帝の演技しか好まないまり子、医者にしては世話好きで愛想はいいが本音が見えない誠、他者への嘲笑をたたえつつ、投げやりな目をしている勝、見かけはピエロのようだが、ピエロ特有の悲しみとは無縁で幼い意識のままの敦子。武光家の人たちは祐希にとって、怪物以上の怪物に見える。そんな人々を相手にこの男は打ち勝てるのだろうかと、祐希は塚本の親切な対応は嬉しかったが、同時に案じられもした。

「法定相続人のうち、一人でも判を押さなければ、遺産分割協議は成立しないものなのでしょうか?」

祐希の問いかけに、塚本は大きく頷いた。

「だったら、他の法定相続人の方が現金を相続したいとおっしゃることもあるでしょう？　そうなったとき、わたしが現金を相続できなくなることもありますね？」

「それもそうですが」

塚本が言葉に詰まったところで、三浦が口を挟んだ。

「これは偲ぶ会が終わった後、奥様と勝様にお渡ししようと思っている、勇社長の遺産目録です。勝さんが四十九日の法要を欠席してまで見つけ出したいと動かれている勇社長の隠し遺産が出てくれば、これに加えなければなりません」

胸ポケットから畳まれていた紙片を祐希に渡した。

「勇社長には隠し財産があったのですか？」

塚本は目を丸くした。

「わたくしにもわかりませんが、海外に流れてしまっていた辻方《つじかた》コレクションの収集が社長のご趣味でした。好景気が続いたので買い戻そうというお仲間がいて、共感なさった勇社長もつきあわれていたのです」

辻方コレクションは明治期の鹿児島出身の辻方太《た》一郎《いちろう》が富と力にモノを言わせて集めた、ゴッホ、モネ、ルノワール等、主に西洋名画の数々であった。これらが海外へ流れたのは辻方の経営する会社が倒産の憂き目に遭って、手放すよりほかはなくなったからである。

「投資目的で画を買うというのはここ何年かブームですね。遺産の一部を画に代えておくという方々も顧客の中にいらっしゃいます。ただ、画は観て楽しむものですので不動産同様、隠しにくいものですよ。売買の記録も残りますし」

塚本が小首を傾げながら、三浦の反応を窺った。

「辻方コレクションは約三千点と言われていますが、完全な目録はこの世に存在していません。ばらばらに海外へ売られただけではなく、あの太平洋戦争でさらに行方がわからなくなりました。西洋画は敵国の文化として、公表するなどもってのほかで、また所有していることさえも悪と見做されていたので、人知れず蔵や倉庫の片隅に保管されていて、空襲に遭って燃えてしまったものもあるからです」

「それでは現在、辻方コレクションと見做されている名画はどうやって本物だと証明されるのでしょう？」

「美術館や博物館には必ず買入れ先が記されています。フランスをはじめとする海外の美術館の目録帳から、ぽつぽつと辻方コレクションが見つかって、経営難に陥った美術館の代行もする画商が報せてくるのを、収集家たちは首を長くして待っているのだと聞きました」

「収集家を焦《じ》れさせて価格を吊り上げる作戦で、わざと一気に見つからないように仕組んでいるのでは？」

「まあ、そんなところでしょう。好景気の今の日本であれば尚更、あちらの爪も長くなるでしょうね」

三浦はうっすらと笑った。

「社長が隠していた画が出てきたら、さらに遺産が増えるわけですから相続税額は増えますよ」

塚本は念を押した。

「それも仕様のないことです。勝様が隠し財産の名画を見つけてしまったら、それも自分のものだとおっしゃるだろう奥様との間でまた諍《いさか》いがあるでしょうね」

「骨肉の争いですね」

塚本のバリトンのいい声音が翳った。祐希は勝には聖ペテロ病院と、通夜、告別式と三度会っている。母のまり子同様、祐希の人生に立ち現れたことのない相手だった。まるで、やや女性的で自負心が強過ぎる男優が、オーバーアクションで道楽息子を演じているかのように見えた。母子ともども、あんなに豊かそうに優雅に暮らしているように見えて、充分幸せそうなのに、なお、遺産を巡って牙を剝き出し合うのだと思うと、祐希は心底身の毛がよだつ思いであった。

「今夜の偲ぶ会の後、この紙を本当に奥様にお見せになるんですか？　こういう会の後はとかくお疲れも出て……」

塚本は案じた。

「いつものように怒鳴られるでしょう。けれどもそれは日を改めても同じです。わたしは偲ぶ会をもって、社長の供養に会社としてのけりをつけたいと思っています。会社は日々動いていますし。奥様も全部ご自分のものとおっしゃっても、遺留分は法律で決まっているので全部を我が物にはできません。自分が法律のように生きてきた奥様の子どもじみたわがままに付き合う必要はないんです」

三浦の力強い言葉に背中を押され、塚本は勢い込んで話し始めた。

「実は一つ、そこそこご納得いただけそうな案があるのです。先ほど祐希さんはむずかしいのではないかとおっしゃいましたが、祐希さんと勝さんは現金と保険金、死亡退職金を法定通りに分ける、そして、奥様は目白のご自宅、軽井沢の別荘、富山の生家を相続なさる。奥様は社長の配偶者ですから遺産の二分の一までは非課税ですので、超えた分だけの税金で済みます。役員の職にある奥様は、おそらくある程度の預貯金はお持ちだと想定されますので、非課税枠を超えた分があっても問題ないでしょう」

「それでは勇社長のＴＡＫＥ食品株五一％はどうなるのです？」

この時だけ一瞬、三浦の目が光った。

「現在、ＴＡＫＥ食品の株は社長の五一％の他は、誠さんが三〇％、奥様が一〇％、勝さんが五％、祐希さんが四％です。社長の持ち株を法定通り分けるとすると、奥様が二五・五％相続で三五・五％確保となり、弟誠さんを抜いて筆頭株主に、勝さんは一七％相続で二二％、祐希さんは八・五％相続で一二・五％となります。今申しあげた数字は皆様が納得し、奥様が筆頭株主になり、不動産をすべて相続した上での税額を極力低く抑えるやり方です」

「小社株は一株二万円で、二五・五％分の株数となると五一〇〇万ですよ」

この時、ＴＡＫＥ食品株について三浦自身はどう考えているのだろうかという思いが、塚本の頭をちらっとよぎった。誠か勝、祐希の分の一部を買取り、数％なりともTAKE食品の株を持つ、株主になりたいのではないか？　それができるぐらいの金は貯めてあるのではないか？

「奥様はもの凄くお金があるんですね」

塚本から渡された紙に目を落としつつ、祐希はため息をついた。遺産全部と言っているまり子を説得して、不動産プラス自社株の二五・五％にまで減らしたとしても、総額の二分の一を超えた分は税金を払わなければならない。億はくだらないにちがいない。祐希には想像もつかない多額であり、それが払えるはずだというまり子の財力には驚嘆以外の何ものも感じなかった。

「お二人のお話ですと、奥様は父の遺産を勝さんにもわたしにも渡さないお気持ちのようですね」

祐希が念を押すと、三浦と塚本は目を合わせて頷いた。一体、何を言い出すのかと、懸念している頷きだった。

「わたし、相続を放棄してもいいんです」

塚本は唖然としたが、三浦はふっと苦い笑いを目元に漂わせた。

「父の遺産が貰えるなんて、元々思ってもみなかったことですし、父はもう居ないというのに、正直、父の血を引いているというだけで、こうして、いろいろ煩わされるのは嫌なんです。そもそもお金になんて振り回されずに、平穏に生きていたいのです。奥様や武光家の人たちともう関わりたくありません」

祐希はきっぱりと言い切って立ち上がった。はやく、京子のプリンス・エドワード島へ戻りたいと思っていた。自分が払うことになる相続税を、たとえそれが何千万円であっても、まり子が払うことになり、縁も切れるんだったらそれでいいと思えた。

九　経理・森弘美の話

勇の生家のある富山へ行こうと軽い気持ちで勝に口走ったことを森弘美はすぐに後悔した。勇の隠し遺産についても確信があるわけではもちろんなかった。

ただ、社長室と応接室に飾られているミレーの油彩と武者小路実篤の色紙は、高山画廊から購入したものであることはようやく突き止めた。

それ以外には、弘美は何の手掛かりもつかめず、勝と富山へと同道する羽目になった。目白邸での四十九日の法要の後、偲ぶ会が催される当日の朝であった。

飛行機の利用は搭乗者名簿が作成されるので、何かあった時のことを考えて、弘美は陸路を選択した。勝は飛行機じゃないことに、すでに機嫌を損ねていた。

「富山なんて遠いとこ、グリーンじゃなきゃ行けねえよ」

「交通費や宿泊代はどういたしましょう?」

弘美は恐る恐る聞いた。

「君がとりあえずは立て替えといて。精算は三浦じゃなくて、経理だから君でできるよな。それから東京駅で特上鰻弁当と宇治茶買っといてよ」

何もかもが自分の都合ばかりを優先した返事だった。

弘美は媚びた笑いを作ってみせたが、役員でも社員でもない勝とのこの旅行が経費で落ちるとは思っていなかった。三浦に掛け合えば別の名目で何とかしてくれるかもしれないが、それでは勝との仲を公表するに等しい。弘美はこの思いつきの旅に掛かる費用は自分が負担するしかないと決めていた。

新幹線に乗っている間も、酒を飲んで周囲に迷惑をかける勝を世話し続けて、疲れた弘美にとって、武光勇の生家は不吉に見えた。三百坪はあると思われる広大な敷地に、アンティークな洋館が聳《そび》え立っていた。庭の手入れがされていないせいで丈が伸びたまま、茶色く立ち枯れている草木に取り囲まれていて、昼間はともかく、夜ともなれば前をよぎるのに多少なりとも勇気が要りそうだった。

「祖母さんが死んでからはずっと空き家だよ」

「こんなとこに随分立派なもんが建ってたとは、知りませんでしたよ。これだけの広さだと相当な財産でしょう？」

二人は無視したが、高岡駅からここまで乗せてきたタクシーの運転手は興味津々で聞いてきた。

「この間、乗せたお客さんが福島の五色沼や飛驒高山の白川郷なんて、いままでは、別荘ブームになってると教えてくれて、まあびっくりしましたよ。寒鰤やホタルイカ、富山はとにかく魚が美味い。海も綺麗でいいとこだから、次はうちの番が来て、土地がどかんと上がるといいんだがな」

錆び付いた鉄の門の前で車を止めたタクシーの運転手は、弘美から料金を受け取った後もしばらく値踏みするような目を向けていたが、やがて走り去った。

「これだけ広くても、目白の家の四分の一ぐらいの価値しかねえんだからな。生きてるうちに売っぱらってその金、俺の小遣いにしてほしかったね」

相変わらず勝は勝手なことを言った。

庭こそ荒れていたが、空き家になっている屋敷の中は、冬場とあって埃と黴《かび》の臭いはさほどでもなかった。何より、どの部屋もきちんと整理整頓がされている。

勝によれば大学生のころに訪れた時には、勇が母親のために購入して飾ってあったという。それを二人は探した。敷地内にある倉庫も調べたが、あるのは不要になった古いテレビ等の粗大ゴミばかりであった。

「どこかへ売ったとか、寄贈したとかは考えられませんか？」

これはもう諦めるほかないと弘美は伝えたつもりだったが、

「親父の奴が寄贈なんてしてやがったら、絶対返してもらう」

勝がスプリングが抜けている、とりわけ大きなソファーを蹴り飛ばすと、積もっていた埃が飛び散り、弘美はごほごほと咳き込んだ。

二人は勝の祖母の部屋だったと思われる、一階の二十畳ほどの部屋に再び立った。ベッドや暖炉のある洋間だが、日本刺繍の衝立《ついたて》で仕切られている奥は畳で茶事のための炉が切られていた。

衝立の日本刺繍は池に咲き乱れる、さまざまな色の蓮の花が刺されている。

「綺麗、これにも値がつきそうです」

呟いた弘美に、

「値がつくんならここにありゃしないさ」

にべもなく勝は撥ね付けた。値がつかないとなると、倉庫の厖大な粗大ゴミと同様な気がしてきて、弘美の感嘆した刺繡の蓮の花が急に色褪せて見えた。

「飾られていた画、見たことありますよね」

勝に訊いてはみたが返答はなかった。悪態もつかず静かすぎる勝は、どっかりと座ってジョニーウォーカーをラッパ飲みしていた。弘美にはもはやこれ以上話しかける気はなかった。すぐに眠りに落ちて役になど立たないだろうから。

弘美は部屋の四方の壁に目を凝らした。勇が母親のために買い求めた画であるならば、必ず、壁に飾られていたに違いない。それならば、画を掛けていた部分とそうでない壁の色が異なっているはずだった。

冬の日暮れは釣瓶落《つるべお》としの秋にも増して早い。辺りは薄暗くなってきていたが、諦めずに目を凝らすと、壁の三ヶ所に大きな白い額縁の跡が浮かびあがって見えた。

画は本当にあったのだという嬉しさが弘美に疲れを忘れさせた。他に手がかりはないのか、弘美はリビングに置かれていたサイドボードの引き出しの中を探そうと思いついた。経理という仕事柄、領収書、請求書、納品書を含む紙片やメモの整理には慣れている。領収書や請求書、納品書の類は米等の食べ物や洗剤等の日用品ばかりで、高額な数字のものは一枚も無かった。ほかに引き出しを占めていたのは夥《おびただ》しい葉書と手紙であった。葉書はほとんどが年賀状や暑中見舞い、あと贈答品の御礼を兼ねた季節の挨拶であった。勇からのものは別に分けられていて赤いリボンで括られている。何か特別なことが書かれているとしたらこれだろうと弘美は目星をつけた。リボンを解いて読んでいくと、十年以上前、勇から宛てた暑中見舞いに以下のようにあった。

暑中お見舞い申し上げます。
東京と異なるすっきりしたそちらの暑さと風がなつかしい日々です。〃部屋が寂しくなるどころか、遊びに行く場所ができて嬉しい。それと大勢の人に見て貰えるのも嬉しい〃との便り、ほっといたしました。ただし、寄贈した息子の自慢をするのは、何とも恥ずかしく御勘弁願いたいところです。こればかりはどうかお許しを。

勇

寄贈ならば先方から礼の手紙があってもおかしくない。弘美は封書の束から差し出し人だけに集中した。これには大した手間がかからず、すぐに越中万葉美術館の名と住所が目に飛び込んできた。館長からの手紙に、弘美は視界が急に開けたように感じた。

このたびは歌川派の正統な継承者である伊東深水画伯、〃一点の卑俗なところもなく、清澄な感じのする香高い珠玉のような絵〃と自称されておられる上村松園画伯、そして、精緻な写実を如何に超えられるかを生涯のテーマにした天才パブロ・ピカソ、各々の美人画を御寄贈いただきありがとうございました。

御存知のように当館、越中万葉美術館の謂れは、万葉歌人として名高いあの大伴家持が若き日、都から遣わされてきたのが当地であることによります。清々しく瑞々しい感性の持ち主の家持は、当地の豊かな自然への賛辞を歌にしてくれていますが、家持は万葉歌人の中で最も古今歌人に近い、繊細な歌詠みであり、他の万葉歌人のように美人を素朴に正面切って讃えるとは考えられません。それゆえ、研究者の間では家持の当地への自然賛歌にも、出会った美人へのときめきが秘められているのではないかと言われています。

　このような家持理解が浸透している当地にあって、美人画の名画三点の御寄贈は誠に有り難きご配慮と感謝の限りでございます。重ねて御礼申し上げます。未来永劫大切にお守りいたします。

越中万葉美術館　館長　発田元良

武光つね子様

　越中万葉美術館が休館でないことを祈りつつ、翌朝、弘美は電話をかけた。昨晩ホテルに着いた途端、無言でルームサービスをたいらげた勝は、まだ酔いが残っているのか目覚めていなかった。

「おはようございます。越中万葉美術館でございます」

　年配と想われる落ち着いた女性の声だった。

「そちらに武光つね子さんが寄贈した伊東深水、上村松園、パブロ・ピカソの画があるかと思うのですが、彼女の孫の武光勝が、是非とも一度寄贈の作を観てみたいと申しておりまして。わたくしはその秘書でございます」

「まあ、そうでございますか。今はまだこちらは寒いので大変でございましょうから、暖かくなったら是非ともおいでください。木曜日は休館ですが他の日は九時から五時まで開館しております」

「実はわたくしどもは今、ホテルニューオオカワ高岡に泊まっております。今日そちらへ伺ってもよろしいでしょうか？」

「ええ、もちろん」

「館長の方にもお目にかかりたいのですが」

寄贈のキャンセルには最高責任者との話し合いが必要な気がした。

「申し遅れましたが、わたくしが館長の前田《まえだ》です。武光様から寄贈を受けたのは、昨年病を得て亡くなった前館長の発田元良でした。発田ほど造詣の深くない、浅学なわたくしでよろしかったら、何なりとお話しいたします。お目にかかるのが楽しみです」

そこでどちらともなく電話を切った。あれほど熱い想いを書き綴って御礼に代えていた前館長が、もうこの世からいなくなっていてひとまずよかったと弘美は思った。

勝は午後一時を過ぎて目を覚ますと、大好きなフライド・チキンとポテトをルームサービスで注文した。弘美が深水や松園、ピカソの寄贈先がわかったと告げると、満面に笑みを浮かべたがもちろん労う言葉はなかった。

「向こうは寄贈したお祖母さんの孫が画家を志していると聞いて、感激してるみたいです。お祖母さんが寄贈した時の館長は亡くなってて、今は女性の館長さんでした」

「おふくろみたいな女じゃないことを祈りたいね」

意外にも勝は真顔で案じた。弘美は社長夫人のまり子を遠目で見たことしかない。まり子は時折、買い物に退屈すると出社して、役付以上の社員たちと面談している。もちろん仕事の話をするのではなく、社員各々の暮らしぶりや家庭の事情を、微に入り細を穿って聞き出すのが目的であった。といって、まり子に窮状を訴えたところで給料に同情が加味されることなどなかった。どうせいずれは先に死ぬまり子のような獰猛な姑が居ても、遺産泥棒さながらの非嫡出子の妹が見つかってもかまわなかった。我慢できないのは勝なのだ。あと少し、いや、もっともっと強くなければ大人とは言えない勝を夫にしても、旅行費を立て替えさせられ、今現在戻って来ていないように、自分が損をすることは目に見えている。勝があんなに飲んで酒に逃げるのはとことん弱いからだと思う。

館長が女性だと知った勝はもう酒を飲もうとせず、シャワーを浴びてまばらな髭を剃り、こぼした酒が沁みていないセーターを着た。


越中万葉美術館は高岡古城公園の近くにあった。前田館長は五十歳ぐらいの赤いフレームの眼鏡をかけた小柄な女性で、富山の銘菓である月世界《つきせかい》と抹茶を用意して待っていた。

「茶事やお菓子はお隣の加賀百万石の金沢が有名ですけど、富山だって捨てたものではないんですよ」

前田館長は柔らかな物言いで挨拶をすませると、二人を展示室へ案内した。

「伊東深水と上村松園は大作ですので、御寄贈いただいた三点は、二階の専用コーナーにございます。これは前館長がよく申していたことなのですが、思い入れを持って鑑賞する画からは言葉が聞こえてくる、いつしか対話ができるようになることもある、描いた画家はすでに亡くなっていても、画の中には画家の魂が脈々と生きているのだと」

　弘美たちは途中、さまざまな画が壁に掛けられているのを観た。中には大伴家持と想われる古代の貴公子然とした見目形のいい若者が、馬上から白い着物に身を包んだうら若き楚々とした乙女を見つめている構図の画もあった。〝万葉の花〟と題されている。

「これは前館長が地元の画家さんに頼んで描いてもらったものなのですよ。前館長は、家持研究でも名高く、越中赴任時代の若き大伴家持の清々しい、片想いの恋に魅せられていたようです。家持が越中赴任を命じられた頃には、度重なる権力争いに巻き込まれた結果、代々の名家大伴氏の躍進に翳りが出てきていて、家持の胸中には鬱々としたものがあったはずです。その荒《すさ》みかけた心を救ったのがここ越中の自然であり、越中乙女たちの清らかな姿であったはずだというのが、前館長の御考察でした」

　現館長の話を聞いて弘美は美人画三点と美術館の関わりが多少はわかった気がした。

「家持は実際に越中美女を追いかけ回したり、権力にモノを言わせて自由にしたりはしなかったわけですね」

「前館長はそのようにお考えでした。赴任していたのは五年間ですが、途中奈良の都から妻を呼んでいるので、一時の秘め事があったのではなく、越中の清冽な自然を愛するがごとく、ここの乙女を愛し続けたのではないかと。恋に落ちたというよりも、相手の幸せを願う純愛を貫いたのではないかと」

「そうした前館長の深い御考察の上に、あちらの部屋の画があるのですね」

気がついてみると弘美は前田館長について勝の先を歩いていた。

入った部屋の入り口のプレートには伊東深水、上村松園、パブロ・ピカソとだけ書かれている。入ってぱっと目につくのはピカソの銅版画であった。時代遅れだの、老人のポルノ妄想、狂った老人の支離滅裂な落書きだのと酷評を受けたが、ピカソ自身は〝この年齢になってやっと子どもらしい絵が描けるようになった〟と悪評なども のともしなかったと前田館長は説明してくれた。伊東深水の美人画は、本妻の好子をモデルにした評価の高い大作の一つだとパネルに書かれているのを、弘美は熱心に読んだ。そして、源氏物語の一部が描かれているせいか、上村松園の作品はややわかりにくかった。これは横二メートル、縦一メートル近くあった。

価値のある作品の前で思わず弘美がごくりと生唾を呑み込むと、前田館長は興味を持ったと勘違いして説明を続けた。

「〝焔《ほのお》〟は数多くある絵のうち、たった一枚の凄艶な絵と松園自身が述べている希有な作品で、これはその珍しい下絵です。後れ毛を噛む女の様子は大変な迫力をもって見る者に迫るでしょう？　それもあって、この作品は本画に勝るとも劣らない価値があります」

これは幾らぐらいの価値が？　という言葉が危うく口からこぼれ出そうになった時、突然後ろから声がした。

「今すぐ返してください、これ全部」

勝にしては声が大きかった。

前田館長は一瞬、聞き違いではないかと思ったようだった。

「この画はどれも父と祖母のものなんだから、返すのが当然だよ」

勝は繰り返し、前田館長の顔が凍り付いた。

「思い出の画をいつも眺めておられたいというお気持ちはよくわかります。ですが、これは正式にお祖母様からこちらへ寄贈されたものなのです」

「あの、でも、これらの画は勇社長がお母様にさしあげたものですよね。これだけのものになると当然、贈与税が掛かりますよね。払われていないとすると、まだこの画は勇様のものでお母様は預かっていただけということになるのでは?」

弘美がうろ覚えの贈与税の知識を持ち出したのは、前田館長の落ち着き払った態度が多少面白くなかったからであった。

「寄贈誓約書をご覧頂いたほうが早いですよね」

前田館長は表情を変えずに、短く告げた。内線で指示をして、若い男性職員が持ってきた寄贈誓約書を二人に見せた。

「法律的に武光勇様の当館への寄贈が成立しております」

勝はふてくされた表情をしたままだったが、前田館長はきっぱりと言い切った。

「寄贈頂いた方のお身内でいらっしゃいますが、これ以上お話しできることはありません」

ここで前田館長を怒らせては手がかりがゼロになってしまうと思った弘美は、とにかく勝をなだめて、何か手がかりを見つけなければいけないと思った。

「すみません、お父様を亡くされたショックからまだ立ち直れていないのです。非礼をどうかお許しください」

　しかし、前田館長には謝罪を受け入れる気は全くなく、邪魔者二人に早く出て行ってほしい一心でエレベーターの方ばかり見ていた。

「社長は絵画が本当にお好きで、高山画廊さんでもよく画を購入されていたかと思うのですが、館長もお知り合いでしょうか。これから、伺うつもりでおりまして」

　世間知らずの勝と美術のことを何も知らない弘美が訪れるには、高山画廊はあまりにもハードルが高かった。しかし、勇が隠していた画など一枚もないと二人して諦めるのに、最後の一押しが欲しかった。

「高山画廊の新庄《しんじょう》さんとは親しくしております。このあと行かれるのでしたら、お電話で伝えておきますが」

　このあと弘美は何度も礼を口にしたが、前田館長は勝を見ようともせず電話をするために館長室に戻っていった。前田館長が見えなくなると、勝は高山画廊について今までとは打って変わった饒舌を披露した。

「これはと決めた画家の個展を開いて、華々しいデビューを飾らせたりしている。高山画廊に認められれば、芸大や美大を出ていなくても、たとえ誰でも知ってる日展なんかに入選しなくても、ひとかどの画家になれるんだよ。何しろ、世界中のコレクターを味方につけられるんだから」

十五分ほど経っても前田館長が戻ってくる気配はなく、しびれをきらした勝たちは仕方なく出口のほうに向かった。

「高山画廊さんには、何やらお父様からお預かりしているものがおありだそうですよ」

エントランスを出ようとしたところで、追いかけてきた前田館長が二人に伝えた。

「預かっているものがあるって、本当に言ったんですよね？」

勝が詰め寄ると、相手は黙って高山画廊の住所と電話番号を書いた紙を渡してきた。そして、すぐに二人に背を向けた。弘美は何が何だか呑み込めないまま、勝に促されてタクシーに乗り、高山画廊雨晴《あまはらし》別廊に向かった。弘美はここまで恥ずかしい思いをしたぶん、高山画廊で何か見つけなければ東京には帰れないと思った。

タクシーは能登半島の雨晴海岸へと向かっている。ガイドブックで予習してきた弘美はここが白砂青松の景勝地で、天候に恵まれれば、海越しに三千メートル級の立山連峰が見渡せることを知っていた。それはあくまで快晴が条件で、今は朝から曇天でさーっと雨のように雪が降り始めていた。これはきっと積もる。海も空も雪さえも鈍い鉛色一色に見えていて、弘美は楽しくない予感に囚われた。

道路の右側に大きな建物が見えてきた。〝高山画廊雨晴別廊〟と書かれた大きな看板が十五階建てのビルを飾っていた。

「よくおいでくださいました」

満面の笑みで二人を迎え入れた、だみ声の新庄は白髪をオールバックにしてポマードで固めていた。白髪のオールバックでさえなければ、タキシードや蝶ネクタイもろとも、七五三に見えるほど小柄な初老の男であった。小さく貧相な顔はやや猿に似ている。

「ここはいいところでしょう？　何しろ絶景の海と山が一緒に見えるのですから。今日は晴れてないから立山連峰は見えないですが、義経岩は見えます。あの義経が兄頼朝に追われ、奥州の平泉へ落ち延びていく途中、このあたりを訪れ、大男で力持ちの弁慶が岩を持ち上げて、雨が晴れるのを待って、風雨から義経を守ったという謂れがあるんですよ」

立て板に水のようだった新庄の話が一区切りついたところで、やっと弘美は話すことができた。

「あの越中万葉美術館の館長さんから、こちらでお預かりいただいているものがあると聞いたのですが」

「預けていた武光勇の代理で来た息子の武光勝です」

緊張の面持ちの勝は常より上出来の挨拶を決めた。新庄はキューバ製の極上葉巻に火を点けた。異様に濃く格別な匂いが振りまかれる。

「どうですか？」

「結構です」

弘美は断ってコーヒーを啜ったが葉巻臭かった。

「実は預かっているのは、越中万葉なんかにあるような版画ではありません、一点物のピカソなんですよ」

ほかならない憧れのピカソと聞いて勝の頬は上気し、目が潤んだ。

「ど、どの時代のものなんでしょう？」

惰性を嫌い、死ぬまで成長を心がけたピカソは年齢と共にめまぐるしく作風を変えた。晩年は油彩・水彩・クレヨン等、多様な画材で自画像をはじめとする、色鮮やかでかつ激しい絵を描いた。越中万葉美術館の銅版画もこれらの一つと見なされている。

「お得意のキュビスム、新古典、シュルレアリスム、晩年のポルノグラフィー、それらのどれでもないのですよ、これが」

新庄は思わせぶりに意外に大きな顎を一撫でした。

「はやく教えてもらえませんか」

勝が苛立った。

弘美には勝が懸命に癇癪《かんしゃく》をおさえているのがわかっている。

「子どもだった頃のピカソを知ってますか？」

「ピカソの生まれた頃のスペインで、隣りに住んでたわけじゃありませんから、知りませんよ」

勝はむすっとした。

「ピカソは物心ついて絵筆を握らされた時からずっと天才でした。どんな画家の画もピカソは完全に模写できましたし、たとえば洗礼の様子については、まるで写真のように正確に写し取ることができたのです。あなたのお父様、武光勇さんからこちらが預かっていたのは、ピカソの画壇デビュー前の親戚連中たちとのとっておきの集まり、とりわけ美女の誉れ高かった従姉の結婚式が描かれたものです」

弘美は昨日からの疲労や辛さが一気に消え去るように思えた。

「今すぐ見せてください」

勝は勢い込んで迫った。

「残念ながらここにはありません」

新庄の葉巻の紫煙がゆらりゆらりと立ち上っていた。

「ここは画廊なんだろ？　出し惜しみしないで早く出してよ。それとも、預かり金でも払えっていうのか？」

完全に頭に血がのぼっている勝を、新庄は気にも留めなかった。

「まあまあ、そうあせらないでください。先代の高山画廊社長は、世界に散逸した辻方コレクションの日本人による収集は、画の売り買いを超えた一種の文化事業だと申しておりました。当代の社長もそのお考えを踏襲なさっています。このところの好景気は辻方コレクションを買い戻す一大好機ですから皆様にお勧めしたところ、快くこちらの心意気に賛同して頂けたのです。武光様が購入なさって、こちらに預けていただいた、ピカソの少年時代の作品もその一つです」

「親父、一体いくらで買ったの？」

これには弘美も実は興味津々であった。

「五百万円ほどでした」

「それ安すぎるよ、偽物じゃないよね？　天才の少年時代の画なんて凄い価値だろう」

「鑑定書やピカソ自身のサインがあっても、真贋を見分けにくいのが、ピカソの少年期の画なのです。その時も買い手がなかなかつきませんでね。ここで催した辻方コレクションのオークションでも、最後まで残った一枚でした。遅れて参加なさった武光様が、よし、それなら自分が買いましょうと手を挙げてくださったのです。以前、越中万葉の上村松園の〝焔〟の下絵をやはり安く買って、本物の松園の筆とわかったことがありましたからね。自分の真贋を見抜く力を自負なさっていたのでしょう」

「親父が義理で買ったレアなピカソは本物なんだろうな」

勝が居丈高に念を押した。

「お預かりした画については厳しく鑑定を重ねていますし、このような異例のものは特に慎重に行っています。現在、ピカソ鑑定では第一人者と言われているスペイン人の美術鑑定士が鑑定を終えて、帰国したところです。いま、ハイヤーを呼びました。画は高山画廊富山分館でお預かりしております。ここが如何に鉄筋の新築ではあっても、始終吹きつけてくる海風が画の保管には向きませんから」

秘書がいつの間に呼んだのか、黒塗りの大きなキャデラックが画廊前に待っていた。目的地まで結構な距離ということもあって、新庄は若い二人に自分の知識をひけらかしたかった。

「三千点もの名画をコレクションされた辻方太一郎氏についてお知りになりたくはありませんか?」

正直、弘美は勇のものだったというピカソが本物であってほしいだけで、辻方コレクションとやらには興味が無かったが頷いた。

「辻方太一郎氏は明治維新直前に生まれ、父君は明治の元勲で総理まで務めた方です。エール大学、ソルボンヌ大学を卒業した太一郎氏は実業家、政治家としてよりも、偉大な美術収集家として世に知られていますが、多くのコレクションが散逸せざるを得なかったのは事業に失敗したからなのです」

勝は最初から話を聞かないと決めているのか、すぐに眠ってしまった。

「ある財閥に見込まれて造船所の経営を託されてから、汽船、ゴム、新聞、鉱業、信託業、石鹼会社の社長となり、まさに関西の巨頭の一人でした。そして、すでにこの頃から美術品が大好きで目が利いていたため、その収集に明け暮れていたはずです。なぜなら、連続的な不況の最中にも、多角的経営を貫いて、とうとう一九二七年の金融恐慌で、任されていた財閥が倒れるまで自分のやり方を改めなかったのは、財界人としてのご自分を見失っていたからでしょう。辻方氏は悪魔的な魅力さえある美術品収集に取り憑かれ続けてしまったのです」

新庄は弘美を優しい目でじっと見て先を続けた。

「辻方氏がたいした目利きだったのは間違いありませんがそれ以上に、一八六六年生まれの辻方氏が生きて西洋を熟知していた時代に、印象派の画家たちも生きて大活躍していたというのが偽らざる真実だと思います。モネは一八四〇年から一九二六年、バラ色の肌の豊満な少女や裸婦が得意のルノワールは、一八四一年から一九一九年、バレリーナや踊り子好きのドガは一八三四年から一九一七年の生涯でした」

「よくそこまですらすら出てきますね」

弘美は素直に驚いていた。

「いやなに、たいしたことではありません。わたしたちは画家が生きて懸命に描いて死んだおかげで飯を食っていけるわけですから」

新庄は照れくさそうに笑って先を続けた。

「辻方コレクションには印象派の画や、彼らが優れた芸術として認めた浮世絵が多数収集されています。印象派の名画は、どれもが名だたる画家たちのものではあっても、まだ生きていたので今からは考えられないほど安かった。ましてや、言葉に不自由のない辻方氏のことです。相当いい買い物をなさったのではないかと思います。財閥の崩壊後は当然責任をとって一時全ての役職から退きますが、値上がりした美術品の放出で、ある程度の赤字は埋められ、敗戦までに三期も衆議院議員を務めているほどです。辻方氏は自らのコレクションで墓穴を掘る一方、助けられもしたわけです。私どもの先々代は辻方氏の参謀とも手足ともなって、買入れから売却まで一手に仲介を引き受けていました」

弘美にとって美術品を買うなど金持ちの道楽という考えだったが、新庄の話を聞いていると、なぜか芸術を介してこそ玉の輿にのる資格を得るのではないかと思えてくるのだった。

「ピカソの没後もう十七年です。一万三千五百点の油絵と素描、十万点の版画、三万四千点の挿絵、三百点の彫刻と陶器が遺されました。これだけ作品があるというのに価値は下がっていません」

勝の鼾《いびき》が大きくなったせいで、新庄は熱弁を止めた。一瞬、弘美は、わたしはこの男とは何の関係もありませんと叫びたくなったが、かろうじてその言葉を呑み込んだ。

「頼もしいですね。芸術家は皆、無頼の徒みたいなもので、大酒飲みばかりですよ」

新庄が勝を見て言った。

「社長は勝さんの画家志望については何もおっしゃっていなかったのですか？」

弘美はもしや、勝が画家を志していたからこそ、勇は絵画や辻方コレクションに興味を抱いたのではないかと気に掛かった。

「伺ったことはありません。武光勇様がわたくしどもや絵画のコレクターの方々と関わられたのは、投資目的でした。素晴らしい眼力を持っておられましたよ。わたくしどもとはTAKE食品にミレーと武者小路を納めさせていただいたのが始まりですが、長い間、画のお好きなお母様に愉しんでいただいた後は越中万葉美術館にご寄贈なさった三点も折り紙付きです。そしてピカソの稀なる作品を見初められたわけですから、ご損をされたことは一度もないはずです」

「投資目的なのになぜ寄贈などなさったのでしょうか?」

正直、勿体ない、しなくていいことをしてくれたと弘美は思った。

「お母様のご自宅から越中万葉美術館は歩いて行けます。わたくしは足の弱ったお母様に散歩をしていただきたいからだと伺っています。それとよくあることですが、相続の時のことを考えられたのではないかと。当画廊にもお客様方が実際にお買いになった数よりも少なくまた、高額なものは外した、税務調査用の帳簿はございますので。きっとそのような配慮もおありだったのでしょう」

「あの三点はそれほど高いのですか?」

やはり弘美は訊かずにはいられなかった。

「伊東深水はたいしたことはございませんが、上村松園は傑作〝焰〟の下絵だったと判明しておりますからね、これが一番高いでしょう。あとピカソは銅版画ではありますが、物議を醸す晩年の作品ですから、ピカソのただの銅版画とは違います。合わせて一億はくだらないでしょう」

一億円と聞いても弘美はそんなものかと金銭感覚がすでに麻痺してきていた。

「ですが、何と言っても凄いのは今からお見せするピカソの〝従姉の結婚式〟です」

よほど一体幾らになるのかと訊きたかったが、躊躇が先に立つのは、新庄という男に欲深な女だと思われたくないからであった。新庄の方は憚らずに画の値を口にしているのだから、おかしな躊躇いではあったが。

「幾らで売れるんだ？」

鼾が止まったところで、助手席に座っていた勝がくるりと後ろを振り返った。赤く充血した目がぎらぎらしている。

「まあ、三十億はくだらないでしょう」

新庄はさらりと答えた。しばし勝は狐に抓《つま》まれたような顔になったが、ほどなく、けらけらと笑い出した。

「こりゃ、ツイてるわ、親父様様だよ」

高山画廊分館はJR富山駅の向かい側の高山ビルの全フロアを占めていた。浮世絵ばかり集めているフロアもあって、

「総数では辻方コレクションは西洋画より浮世絵の方が多かったようです。こつこつと買い戻していたようですが、歌麿や北斎、写楽クラスとなるとなかなか」

新庄の丁寧な説明にも、勝は浮世絵なんてどうでもいいかのようにうるさそうに首を横にぶるぶる振って、ピカソの少年時代の画を見せろと急かした。画廊を一通り案内しようとして、エレベーターの前で上階へのボタンを押していた新庄は、慌てて反対側の扉の前に立った。扉は壁に嵌め込まれていて、新庄は受付へ戻って係に鍵束と懐中電灯を出させ、扉を開けると、足下を照らしながら、地下へと繋がっている暗い階段を下り始めた。

地下の部屋には廻り続けている空調の音がしている。湿気はもとより黴臭さは全く無かった。

「美術品は繊細な物で、息をしているとも言われています。ですから、こうして十二分に気を配っているのです」

思わず弘美は目を疑った。そこには額縁に納められた画が一作も無かった。額に入っていないカンバスだけのものさえ見あたらない。見えているのは直径三十センチほどの大きな紙の筒ばかりであった。筒の穴に棒が通っていて、筒の先端から設置されているポールにぶら下げられている。

「ここはお預かり品のうち、巻きカンバスだけの収納場所です」

「巻きカンバスって何なのですか？」

弘美は訊いた。

「存在が公にされたくない画については、額縁や木枠から外し、巻いた状態で取引、保管されます。価値の高いものに多いやり方です。このようにして美術品収集に目のなかったナチス・ドイツの略奪から逃れ得た名画も多数あります。ピカソの場合はそもそもが反ナチの強い信念を公にしていただけに、たとえ、少年時代のものでも、ナチに見つかれば燃やされていた可能性がありました」

そう言って新庄は壁に向けてきちんと並べられている巻きカンバスの中から、P

に分類された大きな筒の一つを手にした。新庄はその筒から、見事な手さばきで、外に向いた絵画面に、保護用の差込み紙が当たっている巻きカンバスを丁寧にそして素早く広げた。祭壇で結婚の誓いを立てる新郎新婦と、それを祝福する神父が描かれている。どちらの表情からもおごそかで神聖な緊張感が伝わってきて、今、目の前で行われているかのような臨場感があった。

「放棄されるにしても手続きがありますので」

塚本が、額に汗を滲ませながら頭を下げた。三浦は、祐希の気分を変えたくて相続と関係のない話を持ち出した。

「お届けしたアロマポット、お使いになってくださいましたか？　あれは社長が心血を注いで手がけられていた商品なんです」

三浦は、勇が個人資産を投じてスタートさせたハーブがらみの新事業について熱く語った。父が成功させたかった新事業に興味を持たせたいのはわかるが、非嫡出子としての相続とは関係がない。

これ以上、武光家に関わりたくなかった。塚本がトイレに立ったのを見計らって、三浦は応えない祐希を諭すように語った。

「一年前、お母様の墓前に社長と私で伺ったのを覚えていらっしゃいますでしょうか?」

生きている父と話したのは、あれが最後だった。疲れていたのか仏頂面で墓前に花を供えたかと思えば、母との思い出を急に語り出したのが強く印象に残っている。

「あのとき、お母様が大好きだったカミツレの花を祐希さんがたくさん供えていらっしゃるのを見て、社長の表情が久しぶりに柔らかくなったんです。お母様のお部屋へ行くと、いつもカミツレのりんごのような甘い香りがしていたと話してくださいました」

野生のカミツレの花は、早春群れるように一面に咲く。母と暮らしていた家の近くには野生のカミツレの群生地があった。

ちょうどあの頃、〝自然の宝〟を理由に体調不良を訴える女性が増え、勝の素行不良も重なり、勇が心身ともに疲弊しきっているのは三浦にもわかった。健康食品を売っている会社の社長がいつも健康に見せなければいけないプレッシャーは、相当なものだった。いつになく明るさを取り戻した勇が、植物の力で何かできるのではないかと、三浦に初めて話をしたのはあの日だった。

「ハーブは今まで日本では誰も知らなかった、秘宝みたいなものです。植物が発揮する力を、社長はあのとき少し感じ取られたのだと思います」

塚本が戻ってきたので、三浦は過去の話をするのをやめた。

「祐希さんも興味を持ってくださるはずです。商品開発のために買い求めた三十種以上のエッセンシャルオイルが、TAKE食品にあるんです。よかったら、お持ちになってみませんか？」

「そのうち落ち着いたら」

祐希は病室にいる京子にローズマリーの匂いを嗅がせたいと思ったが、父の遺志を聞いた今でも、相続税やまり子のことを思うともう気力が残っていなかった。

「放棄されるにしても、今日のお話し合いに出席されてから決めて頂くのでも遅くはないでしょう。奥様は感情的になって何を言い出すかわかりませんし、勝さんは欠席ですし、結論は出せませんので、どうか出席だけはしてください」

塚本によると法定相続人としてその場に出席するのは、まり子と祐希だけだった。まり子と一対一で向き合えるのは、最後のチャンスなのではないかと思った祐希を、三浦は静かに見つめていた。

二人と別れた祐希は偲ぶ会が始まる前に、赤坂のＴＡＫＥ食品へと向かった。勇の生前のことを聞いたからではないが、今まで一度も目にしたことがなかったからだ。ＴＡＫＥ食品のビルを見ると、母を犠牲にして、まり子と結婚し一代で会社を大きくした父親のことを尊敬してしまうのではないかという恐ろしさもあった。しかし、休日で明かりが消えた五階建てのビルに、自分のような田舎者を寄せ付けないような冷たさはなかった。

我慢の限界になったら放棄すればいい。京子からもらった、ローズマリーのサシェがバッグから香ってくれたおかげで背筋をぴんと伸ばした祐希は、時間どおり菊花荘に向かった。菊花荘の玄関には、〝ＴＡＫＥ食品株式会社 社長武光勇を偲ぶ会〟と書かれた大きなプレートが掲げられていて、会場の鳳凰の間の前には、客たちを出迎えるＴＡＫＥ食品の社員たちの一人として三浦が立っていた。

会場に入ると、通夜、告別式では過度の緊張と興奮の余り、観察できなかったさまざまな人たちの様子を観ることができた。白いバラの花に縁取られた額に入った勇の大きな遺影が飾られている。死に際の弱々しい印象ではなく、太い眉と大きな目、やや厚めの唇の馬面が鋼のような強靱さそのものに見えた。〝ご自分にも他人にも厳しい人でした〟〝仕事一筋の日本男児でした〟〝富山県人の中では十指に入る出世頭でした〟といった言葉が切れ切れに祐希の耳を掠める。

まり子は遺影を背にして立っていた。まるで遺影と張り合うかのように傲然とした面持ちでいる。さきほどの四十九日の法要で見かけたまり子の妹たちの姿もあった。まり子の後ろに従者のようにひっそりと控えている。会はビュッフェスタイルの夕食になっているのでテーブルは二卓しかない。ウエイターが何やらまり子に囁いた。

この時腰かけようとして足を踏み出したかに見えたまり子がよろけた。〝叔母さん〟と敦子が駆け寄って支えた。敦子に助けられたまり子がよろけたことなど一切気にしていないように微笑みを浮かべて席につくと、皿やグラスを載せたワゴンがさっと近づいてきた。まり子はグラスに手をのばした。ぎらぎらとピンクダイヤのように輝く、極上のピンクサファイアがちらりと見えた。まり子はオレンジジュースを一口飲むと、挑むような視線を会場の隅に向けた。

視線の先に勇の弟の誠がいた。その誠には仕立てはいいものの形の古い、年齢不相応なライトピンクのシフォンのロングドレスを着た中年女性と、黒いネクタイをしめたダークスーツ姿の白髪男性が寄り添っている。中年女性と白髪の男性の顔は整っていて、プライドの高そうな表情が似通っている。

まり子はワゴン脇のウエイターに何事か囁いた。頷いたウエイターが誠たちに近づいて話しかける。白髪の男性が手を横に振って辞退の意を示すと、まり子の隣から敦子が飛び出した。〝叔母さん、叔母さん〟という声が聞こえた。敦子は誠の腕にブレスレットのように巻き付いて、ぐいぐいとまり子の座るテーブルの方へと誠を連れて行く。この強引さで引きずられるままの誠は後ろを振り返って、笑いながら二言、三言連れの二人に何か言った。そして、ほどなく、この三人はまり子と同じテーブルで、談笑しつつやはり特別なフルコースに与ることとなった。

「まり子さん、今日は一段とオーラがありますよ」

誠の義父の褒め言葉に、まり子はコーンスープを掬う手を止めた。

「あの人が亡くなってから、張り合いがなくて。外に出かけることも少なくなったんですよ。今日は久しぶりにたくさんの人にお会いできるから嬉しくて」

「誠さんがお正月に伺ったときに、わたしも一緒にお邪魔したかったんですよ。社葬のときは、お仕事の関係者の方が多すぎて、お義姉様とちゃんとお話できなかったから」

普段は無愛想な光代ですら、まり子へのお世辞は欠かさなかった。

「義姉さんも四十九日で一区切りってことで、これからは会社のこととか一緒に考えていこう、勝も入れてさ。武光家で盛り上げていかないと」

「誠さんがいてくれるから、わたしも心強いわ。このピンクサファイアね、勇さんが結婚記念日に贈ってくれたのよ」

光代の目がゴージャスなリングに釘付けになったのは、誠にも分かった。指からこぼれんばかりの輝きは、少し離れた祐希の目にもはっきりと映っていた。

祐希は席に着くことも、料理に手をつけることも遠慮して、壁際に所在なく立っているしかなかった。三浦や塚本が気を遣って話しかけてくれたが、すぐに会話が途切れ、飲み物のお代わりを取りに行った。

「オレンジジュースでいいかな」

まり子とテーブルを囲んでいたと思っていた誠がすぐ横にいた。病院で会ったときと同じなれなれしさで、祐希にグラスを渡した。

「居づらいよね。庭園にでも出ると気持ちがいいよ」

なぜだか、無遠慮な誠の言葉が今の祐希にとっては有り難かった。敦子やまり子の妹たちは話しかけてはこない。執拗な視線だけをこれ以上浴びせられるのは苦痛だった。まり子は次々と運ばれる料理を吸い込むように食べている。それを見ているだけでも、祐希の食欲はなくなっていった。

「ちょっと」

庭園に向かう途中で、祐希は走ってきた敦子に呼び止められた。ずっと祐希を見つめていた敦子がとうとう、話しかけてきたのである。

「誠さんと何話してたの？」

「庭園のほうが気持ちがいいと教えてもらっただけです」

「あんたのせいで、叔母さんもまっちゃんもつらいの」

祐希は珍妙なファッションセンスで、子どものような喋り方の敦子に怪訝な視線を向けた。

「叔父さんに何か買ってもらったことあるの？」

「ありません。ほとんど会うこともありませんでしたし、連絡もとっていませんでしたから」

「あたしには親いるけど、叔父さんと叔母さんがあたしのことを可愛がって、本当の娘のように小さい頃からずっと一緒に暮らしてきたのよ。叔母さんが言ってた、あんたブスだって」

「わたしがブスなら、奥様は下品よ」

祐希は、さらっと言った。

「武光家の娘はあたし一人でいいんだよ」

これ以上、我慢できないという様子で敦子は去っていった。

偲ぶ会の閉会が告げられると、三浦はまり子と祐希を促しに来た。立ち上がりかけたまり子はまたしてもよろけて、敦子が慌てて支えた。三浦は、まり子は神経が図太いようにみえて実は繊細で傷つきやすい一面もあり、祐希の若く堂々とした姿に調子を狂わされているのではないかと疑った。

「敦子にも来てもらう」

まり子は有無を言わせず、倒れまいとすがった敦子の手を放さなかった。

その会議室には庭園自慢の菊花荘らしく、広々とした空間に机と椅子、ソファーだけではなく、何種かの観葉植物が配されている。昼間なら大きな窓から手入れの行き届いた広大な庭が一望できただろう。

こうしてコの字形の大きなソファーに、まり子と敦子が隣り合い、祐希はコの字の角の一人掛けに、塚本と三浦はまり子たちと向かい合って座った。敦子は、まり子がよろめくのは久しぶりにたくさんの人に会って気分が悪くなったからだと思ったようで、コップに水をなみなみと注いでいた。

塚本は用意してあった武光勇の財産目録をまり子と祐希に渡した。祐希はすでに喫茶店で見ていて二度目だったが、もちろん知らないふりをして受け取った。

まり子は覗き込もうとする敦子から財産目録を遠ざけるべく、すぐに折り畳んだ。

「少ないわね」

まり子は鼻を鳴らした。

「こんなに少なくちゃ、誰にも分けてはあげられないわ」

祐希を見据えて畳みかけるように告げた。塚本はこのまま、まり子のペースに呑み込まれないようにと、説明を始めた。

「妻である奥様の相続分が二分の一までというのは、法律で定められた相続税の掛からない遺産の取り分です。家だけしか遺されていないような場合、法定相続人である子どもたちが相続を放棄することも多々ございます。勇様のように多額の財産をお持ちの場合、妻である奥様が全部を受け継ぐというのは、あまり例のあることではございません。お一人での相続に掛かる相続税は多額で、何人かで分ける方が少なくて済むからです。突然亡くなられたので勇さんの遺言状はございませんし、ここは法律に従って分けられるのが得策ではないかと思います」

淀みなく助言を終えた塚本を無視するかのように、まり子は祐希に向かって顎を突き出して嘲笑った。

「あなた、身の程を知って放棄してくれるわよね。嫌じゃない？　お金欲しさに粘ってるだなんて思われるの、如何にも貧乏臭さ丸出しで」

「お金欲しさと正当な権利の遺産を受け取ることは、全く別のことだと思っています」

祐希は決然と言い切った。

「お母さんにそっくりね、あなた。学歴はあるかもしれないけど、とにかく地味な人だったわ。男っていうのはね、むずかしい理屈なんてこねなくていいから、連れて歩いて見栄えがして他人から羨ましがられる女がいいのよ」

まり子は祐希に敵意を剝き出しにし、亡き母を蔑んだ。塚本は祐希が平常心を失うのではないかと懸念し、三浦に話を振ろうとした。

「法定相続人三人のうち、武光まり子さん、藤川祐希さんお二人のご意向は伺いました。残るは今回ご欠席の武光勝さんなのですが、ついてはここにおいでの三浦さんよりお話がおありになるとのことです」

「勝様は画家を志しておられることもあって、かねてから社長所蔵の画に関心を寄せておられました。社長はつきあいの長い高山画廊から是非にと勧められてお母様がお好きな伊東深水や上村松園、ピカソの銅版画を持たれておられましたが、お母様が御存命の間に、高岡のご生家近くの越中万葉美術館に寄贈されておられます」

「何でそんな一円にもならないことを」

まり子はそこに亡き夫が居るかのように宙を睨み据えた。

「これだけの遺産の上に所蔵の名画の分まで乗りますと、相続税はさらに増えます。社長は的確な相続税対策をされたのです。すでに寄贈されていますので相続税は一円も掛かりません」

　塚本は勇の真意を伝えた。

「富山の高山画廊分館には社長からの預かり物がございました。額やカンバスから外されて大切に保管されてきたもので、ピカソ十五歳の時の作品とのことです。これが本物ならオークションにでも掛ければ天井知らずでしょうと高山画廊は言っています」

　三浦の冷静な口調は変わらない。

「この画は勇社長の財産と見做されます。正直、もう少し知名度と相場が低い画家のものなら、隠し通すこともできますが、ここまで著名で稀少な画となると」

　まり子たち同様、初めてこの事実を知った塚本は興奮せずにはいられなかった。

「勝様がこの会を欠席されたのはピカソのその画を持ち帰るためでした」

　三浦が言い添えると、まり子の頬が緩んだ。

「わたしのために取りに行ってくれたんだわ」

　三浦は今日初めて困惑の面持ちになった。このピカソの稀なる画を富山まで取りに駆け付けた、勝なら自分のものだと言い張るに決まっているのだ。

「そのピカソを売るにはどのような方法があるのでしょうか？」

相続に大きく関係する新事実に、塚本は思わず三浦に尋ねた。

「あなたが心配することないでしょ。わたしはそんなもん売らなくたって、ちゃんと相続できるんだから」

ピカソの莫大な価値もわからずに、すべてを自分のものだと言い張るまり子に、祐希は次第に恐れを感じなくなっていた。巨額な利を前にした人の気持ちとして、少しわかるような気がしたのであった。自分と同じように、金との闘いを強いられてきた人ならではの金への執着とはこれほど無知で懸命なものなのだろうと。

「わたしはずっと前からうちの人に遺言を書いたほうがいいってすすめてたのにね、塚本さんも知ってるでしょ？」

まり子は味方にしたい塚本に相づちを求めた。

「会社の後継者問題に触れることになるからと先送りなさっていました」

三浦の顔が少し険しくなった。祐希は、遺言状さえあればこんな辛い騒動に巻き込まれなかったのにと、恨めしく思った。

「祐希さん、あなた認知までしてもらって、株も四％ももらっといて、まだ、武光家から奪おうとするの？　通夜も告別式も、四十九日も偲ぶ会も、わたしはあなたに来てもいいって許可を出したかしら」

まり子は落ち着き払った口調で、祐希と共に三浦をも睨んだ。敦子は叔母がもっともっと祐希をいじめればいいいと、手首に着けているブレスレットをくるくると回している。

「奥様、勝さんにはご自身の相続分を奥様へ譲られるお気持ちはございません。これだけは確かでございます。勝さんは三十三歳、もはや子どもではなく、法律に定められた相続権がおありなのです。また、今、三浦さんより聞いたばかりではございますが、ピカソの画の所有権についても、おそらく勝さんなりのお考えがおありのことと思います。これについてはまた後日、勝さんを交えてのご相談となりましょう」

塚本が話し終えたその時、恐ろしい形相でまり子がソファーから急に立ち上がった。今にもこの場にいない勝を捕まえにいこうとする勢いで、二、三歩踏み出したところで絨毯の上に倒れた。今度ばかりは敦子も間に合わなかった。

突然のことで、塚本は一体何が起きたのかわからなかった。まり子が突然視界から消えたとしか認識できなかった。敦子と三浦が駆け寄っても、まり子は応えなかった。

「叔母さん、叔母さん、起きて、叔母さん」

「落ち着いて、大丈夫よ」

祐希の声がけに敦子は泣き出し、三浦は急いで救急車を呼んだ。

その頃、誠は義父と妻と共に貫井の家へ帰り着いたばかりであった。三人は偲ぶ会の後、タクシーに乗ったが、家に着くまでの間、義父は「お義姉さんは見事なものだねえ。大黒柱の亭主に死なれてもあれだけ堂々としていられるのだから」と楽しそうに語り、光代の方は、偲ぶ会の前に挨拶がてら立ち寄った目白の家をほろ酔いのせいもあってしきりに羨ましがった。

「一等地にあそこまでの家を持つとはたいしたものだわ。玄関の吹き抜けとシャンデリアがあんまり素敵だったから、真似たくてお父さんに実家の玄関を改修してもらったけど、やっぱり駄目ね。田舎の大工は洗練されてないし、だだっ広いだけ。螺旋階段の上の壁に今にも白雪姫が顔を覗かせそうな、夢のある出窓があるでしょ、あれもわたし気になってならないの。ドレッシングルームの窓だって、お手伝いさんが言ってたわ」

「あれは旦那に甲斐性がないと無理な話だ」

低い声ではあったが義父は誠にも聞こえるように呟いた。出世して教授になるか、嫁の実家を手伝うかのどちらかに早く決めろと、暗に仄めかしているのが誠にはわかった。

義父の耳障りな言葉はともかく、妻の、あれが叶えば次はこれといった具合に絶え間なく、温泉のように湧き上がってくる欲望に辟易していた。そんな想いが次々に積み重なっていたせいもあって、タクシーから降りかけてポケベルが鳴った時、誠はほっと救われた気持ちになった。

敦子からだとわかっていたが、メッセージは無しであった。敦子には無理であろうと察してメッセージ機能は教えていなかったのだ。ともあれ、あの敦子がかけてくるのだからよほど緊急なことに違いなかった。

「病院からです、急変しかねない患者がいまして」

本当は家の電話で敦子に掛ければいいのだが、妻と義父にあれこれ詮索されるのが嫌だった。

近くの公衆電話から武光家に連絡して応答がないことがわかると、もしかしてと菊花荘にかけた。

「今日偲ぶ会を行った武光ですが、武光まり子か、内藤敦子はいますか？」

「急病人が出て今、救急車をお待ちになっておられます。お部屋へおつなぎいたしましょうか」

電話に出たものの取り乱している敦子では話にならず、三浦がすぐさま替わった。

「救急車が来たら国際医科大学病院へ運ぶように。他の病院だと休日の時間外はろくな医者がいないから、どんな目に遭わされるかわからないからね。僕は先に行って待ってるから」

誠は一月に一度は、外来でまり子を診ていた。検査は主に一般的な血液検査であったが、血圧、中性脂肪とコレステロール値、血糖値が高すぎた。これだけ肝機能が低下し糖尿病が進んできていれば、普通、心臓や脳の疾患を併発しているのではないかと疑い、それに適した検査を提案するものなのだが、誠はそこまでできなかった。まり子は異常に病気を怖れていて、以前、胃がもたれるというから、胃カメラの検査を受けさせた時も〝本当のことを言ってほしい〟と何度も敦子を通じて医局に電話をかけてきて、忙しい誠はほとほと難儀した。検査結果だけ見れば、まり子の方こそ勇より先に、卒中でいつ倒れてもおかしくない状態にあった。

「先生、今、ご家族の方が着きました」

救命センター勤務の看護婦が誠に伝えた。誠はストレッチャーに乗せられたまり子の血圧と脈拍、体温の表示を見た。血圧百五十に脈拍百、体温は三十七度。体温はやや高く、血圧、脈拍もやや高めではあったが大したことはない。

今、まり子まで死んだら、遺産相続はどうなるのだろうかという想いが頭を掠めていた。兄夫婦が築いた財産の全てが勝と祐希に相続されてしまう。勝が叔父の自分に配慮してくれるようなことは絶対あり得ないし、祐希に至ってはついこの間、姪だと知ったばかりで他人に等しい。まり子に死なれては、ただでさえそう明るくない自分の前途の灯りが完全に消えてしまう。ひとまず良かったと誠は内心胸を撫で下ろした。

救命センターの、三十歳そこそこで顔色が冴えない研修医がバイタルを診にきたので「君の診立ては？」と誠は傲然とした面持ちで訊いた。

「卒中の発作じゃないんですか?」

研修医がぽかんとした顔で聞き返してきた時、まり子の瞼が動き、意識を取り戻した。まり子の目は常よりは弱々しかったが空ろではなかった。

「義姉さん、もう大丈夫ですから安心してください」

誠はまり子に精一杯優しい声を掛けた。

主任看護婦が敦子から聞いた話を誠に伝えた。

「ご家族の方によると、随分前から、立ち上がる時に足の痛みがあり、家の中でも躓くことが多かったとのことです」

誠は研修医に、くわしい脳と足の検査を頼んだ。検査室へと向かうまり子と共に誠が廊下に出ると、処置室の前のソファーに、敦子だけではなく三浦たち三人が座って待っていた。ストレッチャーに乗せられたまり子と誠が出てくると皆、慌てて立ち上がった。

誠はあえて無視して通り過ぎようとした。自分のテリトリーの中にいる誠は目白の家やTAKE食品に赴く時とは違って、腎臓内科助教授という身分をこれみよがしに全身でアピールしていた。

「誠様、奥様のご容態は？」

知らずと誠の眉間には皺が寄った。こんな連中にまり子の病状の何がわかるというのか？　それになぜこの連中は集まっているのか？　そもそもあんな時間までまり子たちは菊花荘で何をしていたのか？

「重篤な病気なのでしょうか」

三浦がしつこく迫ってきた。

「検査をしてみないと正確なことはわかりません。結果がわかるのは明日以降ですよ」

誠は知らずとつま先だって、幾分自分より背が高い三浦を見下ろしていた。

三浦が深々と頭を下げたので、後ろに控えていた塚本と祐希もそれに倣った。三人が帰って行くのを見送って、誠は検査室の前のソファーで出てくるまり子を待った。

「誠さん」

敦子に見つかってしまったがむしろ待っていたと言っていい。今や、おかしな様子の身内がいることを、恥ずかしいとは思ってなどいられなかった。どうして、あの連中とここで顔を合わすことになったのか、事細かに訊き出さねばならない。

誠が切り出す前に、

「叔母さん、すごく怒ってて。祐希って娘も、まっちゃんも、叔母さんの言う通りにはしないって」

「どうして敦ちゃん、一緒だったの？」

「叔母さんがあたしに一緒に居てって」

嘘がつけるほど敦子は賢くない。憤怒に似た想いがゆっくりと頭をもたげてきた。あいつらは、勝手に遺産分割協議の話し合いを行っていた。もちろん、誠は相続人ではないから呼ばれるはずもないが、敦子だって法定相続人ではない。

勇は自分の兄でその兄の遺産分割の話なのだ、勇の血縁でもない敦子ではなく、実の弟の自分を立ち会わせるべきなのではないのか。

「まあ、義姉さんは心細かったんだろうな」

誠は腹の中とは裏腹にのどかな表情を作った。

「勝君も偲ぶ会には居なかったしね。それもあって義姉さん、心細くて、いつも優しい敦ちゃんに頼りたくなったのさ、きっと」

この言葉に、敦子は嬉しそうに顔を輝かせた。

「まっちゃんは、ピカソの高い画を持って来るって。叔父さんが隠していたんだよ」

あの話は本当だったのだと誠は、驚愕した。ピカソの少年時代の作品を購入する際、勇から、〝ピカソが世紀の天才なら、その画は世紀の贋作だろうね。まあ、五百万、高山画廊や辻方コレクション収集会への義理でつきあったのさ〟などと、面白可笑しく、贋作買いを話して聞かされていなかったら、誠は勝に代わって富山に飛んでいたはずだった。勝が絵描きを志しているのは、画が好きな父親がこれなら何とか金を出し続けてくれるだろうという、狡猾な読みによるもので、ようはふりをしているだけだと誠はとっくに見破っている。しかし、遺産分割協議で話題になったというのだから、その画は本物の可能性があるということだ。

「誠さんはお医者さんなんだもの、叔母さんを守ってね」

「もちろんだよ」

応えてはみたものの、誠はなんという上から目線だと苦々しく感じていた。以前なら敦子らしい無邪気な物言いとしか受け取らなかったろう。しかし、勇亡き今、まり子にとって自分は赤の他人だが敦子は姪なのだ。そしてまた、日々の暮らしを共にしている敦子の方が自分よりもずっと強い絆でまり子と結ばれている。勝だけではなく、敦子こそ油断ならない相手だと誠は思った。

検査を終えたまり子がストレッチャーに乗せられて検査室から出てきた。

「叔母さん」

敦子がソファーから跳ね上がるかのように立ち上がった。

誠は敦子にわざとぶつかって機先を制した。

「疲れが出たんですね。すぐに元気になりますよ」

まり子に近づくと、自分の両手で相手の両手をすっぽりと包んだ。そして、まり子が瀕死の小動物にも似た、すがりつくような表情になっていることに気がつくと、曰く言い難い安堵を覚えた。

三浦は病院からの帰路、タクシーで祐希を駅まで送ってくれた。タクシーの外に見える夜景の暗さは三浦の心にしっとりと馴染んでいる。

「社長にはハーブを事業に成長させたいという熱い大望があったんです」

まり子が倒れたというのに、喫茶店の続きのような話がよくできるなと祐希は呆れた。父が死にかけているときも、この人はこうやって会社のことだけ気にかけていたのではないかと疑いたくなった。

「社長は研究を重ね、エッセンシャルオイルこそが宝の山だと気付かれていました。これらをどのように使ったらいいかを万人に知らせることができれば、TAKE食品はハーブ事業で成功できるとも」

「奥様のこと、心配にならないんですか」

祐希はとうとう三浦を咎めてしまった。

「こんなときだから、話しています。TAKE食品はこのままでは危ないんです。社長のアイデア頼みでやってきましたが、〝自然の宝〟に翳りが見えてきているのです。奥様や勝様は、目の前にあるお金のことばかりで、未来を見てくださらない。株主であり、社長の娘である祐希様に少しでも力を貸して頂けないかと重ねてお願いしたいのです」

三浦の提案に、祐希は戸惑うばかりだった。三浦こそ自分を利用して、会社や武光家を支配しようとしてるのではないかと勘ぐらずにはいられない。

「会社が大変だとしても、わたしにはできることはありません」

「社長はハーブ事業に目処がついたら、祐希様にお話ししたいとおっしゃっていました。事業の着想は、祐希様のカミツレがきっかけだったからです。子どもが苦手とおっしゃっていましたけど、コミュニケーションを取れる大人になった祐希様とは植物やハーブのことを語りたかったはずです。教師として立派に勤めている祐希様には、新しいものを広める役目をちゃんと担えるのではないかとわたくしも確信しています」

いつも冷静で感情的になることはない三浦だが、この時ばかりは強引で有無を言わせないものがあった。

「三浦さんは、自分の会社でもないのに、なんでそんなに必死なんですか？」

「必死なのは悪いことですか」

三浦の声はひんやりと冷たかった。

平塚に戻って、祐希が京子のもとを訪れたのは三日後だった。思い悩んでいる自分を見せたくなくて、祐希はプリンス・エドワード島の話から始めた。

「八橋先生の本棚にあるハーブの本を読んだら、ローズマリーは、虫がつかないって書いてあったんですよ。この花は誰にも狙われないだろうなって見てたら、この間、オナガのつがいたちが入れ替わり立ち替わり、ローズマリーに群がってきてて、よーく見てたら種だけではなしに花まで食べてました。今の時季って、鳥たちにとって究極の餌不足なんでしょうね」

「オナガが来るのは今だけよ。春になるとぞろぞろ出てくる虫のご馳走に夢中になるんで見向きもしなくなるわ」

京子は化学療法のせいで熱が出ていることが多かったが、話がプリンス・エドワード島のことになると、俄然饒舌になった。もう同僚ではないとはいえ、祐希は京子のことを慣れ親しんだ「八橋先生」で呼ぶのをやめられなかった。

祐希は東京での長かった一日について京子に話した。四十九日の法要、勇の偲ぶ会に続いた、遺産分割協議、勝が探しに行っているピカソの画、逆上したまり子の身に起きた思いがけない出来事。

「それと、父の秘書さんからTAKE食品のハーブ事業についてサポートしてもらえないかという話にはすごく驚きました」

京子はにこにこ笑いながら、祐希の奮闘に耳を傾けていた。

「面白いじゃない。わたしだったらすぐに食いついちゃうけど」

「わたしは会社で働いた経験もないし、ましてや、ハーブのことだって八橋先生にいちいち聞かないとさっぱりわからないんですよ」

「やたらむずかしく感じるのは、藤川さんだけじゃないわ。ハーブを育てたり、ポプリやリースを作ってる、ハーブが大好きな人たちも同じよ。みんな知りたい、使いたいと思ってるのに方法がまるでわからないんだと思う」

京子が言うように、ハーブのもつ香りや効能を知るともっと深く調べたくなり、時間を忘れて熱中できるのだった。三浦がエッセンシャルオイルをたくさん送ってくれることを伝えると、京子の笑顔がさらに輝いた。

「秘書の三浦さんは父の代わりに、何かと世話を焼いてくれた人です。三浦さんがいなければ、認知されていたことも知らず、父の様子を病院で見ることもできなかっただろうし。恩返ししたいという気持ちがないわけじゃないんです」

「ずっと、見守ってくれた人なのね」

「母が生きていた頃は手紙のやり取りはあったみたいで、亡くなったあと整理していたら大切に残してありました。三浦さんも若かったせいか、母に甘えているような内容もあって読んでいるわたしのほうが恥ずかしかったです」

祐希は京子を見て、微笑んだ。

「母も父より頼りにしていたと思いますし、三浦さんも母に少しは好意を抱いていたのかもしれません。わたしの将来のことを、あんなにも真剣に考えてくれているので」

京子は少し呼吸が苦しくなったのか、お茶を入れてほしいと頼んだ。祐希は病院の給湯室に向かいながら、今度、三浦に会ったら最後にタクシーの中で取った自分の態度を謝ろうと思った。

まり子が倒れて二週間くらいたった頃、祐希がプリンス・エドワード島に水やりに出かけようとすると、塚本から突然の電話があった。平塚に戻ってから慌ただしく日々が過ぎていたせいで、突然出された武光という名前に祐希はため息が漏れた。誠の病院で処置を受けたまり子は、すぐに退院して自宅で療養しているという。

「三浦さんにそれとなく病状をお尋ねしましたが、〝心筋梗塞や脳卒中の恐れはなく、遺伝性の股関節変形症なので上手に病とつきあって行くほかはない〟と誠さんがおっしゃっているそうです。ひとまず安心しました」

「早くお元気になられるといいですね」

「次回の遺産分割協議を早急に行いたいのですが、勝さんも奥様も意見が分かれているご様子で、奥様は相変わらず舌鋒鋭く、わたしごときではなかなか太刀打ちできません」

「このまま期日までに遺産分割が決着しないということもあるのでしょうか」

武光家に振り回されて、多額の延滞税を支払う羽目になるのは避けたかった。

「力不足で申しわけないのですが、そういった可能性も出てまいりました。遺産相続は国が決めた家族の連帯責任ですので、残念ながら法定相続に異論を唱えていない祐希さんにも、延滞税は遺産総額の六分の一である法定相続分に掛かります」

塚本の声は恐縮しきっており、祐希は進捗があれば連絡をくれるよう頼んで電話を切った。

祐希は気分を変えたくて、三浦からのエッセンシャルオイルを京子に届けた。祐希は、いまひとつ集中できなかったが、横にいる京子は、ひと瓶ずつエッセンシャルオイルのふたを開け、嗅ぎ分けては満足そうにほほえみ、アロマポットで試していた。

「死にかけてるはずなのにこんなに幸せなのって、あっていいのかしらねえ」

祐希は京子に少しでも喜んでもらえるなら、意味のあることをやっているように思えた。

「まだ欲を言わせてもらえば、こういうシチュエーションがもう少し早く降ってきてくれてれば、わたし、とっくに鬼婆稼業なんてのにおさらばしてたかも」

京子はさらに目立ってきている目尻の皺を思いきり寄せて明るく笑った。

祐希は忘れないようにと、京子と使ってみているエッセンシャルオイルの使い心地をメモしていた。ライムは喉の痛みの緩和、ジュニパーベリーは精神力回復と、それぞれのハーブに心と身体に効能があることがようやくわかってきた。

そうやって京子と祐希がエッセンシャルオイルの香りの種類や効果を実感しているうちに五月になった。京子は祐希以上にのめり込み、ヨーロッパの修道会でつくられてきたカルメル会芳香水というコロンを、アロマテラピーの専門書のレシピを参考につくるほど熱心だった。病室に材料を運び込む祐希を、看護婦たちは不思議そうに見つめていた。

「やっぱり、リキュールづくりと同じ要領なのね」

京子が自分でつくったカルメル会芳香水を身体を拭くのにも、薬を飲む時にも使っているのを見て、祐希は母が寝込んでいたときにこれをつくってあげていたら喜んでいたかもしれないとも思った。ハーブで病気を根治させることはできないだろう。けれども病人の心をこれほど癒すものはほかにないだろう。父が予想したように、エッセンシャルオイルは弱ったり、翳ったりしている心の励ましになり呼吸器、消化器の不調を解消できるので、今後、大きなニーズがあると感じた。たくさんの人がハーブの底力を知るべきだろう。それ以上に、使う人の状態に応じて、大好きな香りが心身を癒す事実に祐希は感嘆したのだった。いつしか、もっと携わっていたいという気持ちが芽生えていた。

十一　秘書・三浦明の話

塚本は武光邸にメロンを携えてお見舞いに行くのが気が重かった。三浦の同行なしで、ひとりでまり子に対峙するのは初めてだった。

「誠さんとは別の病院で脳の検査を受けて頂いたのですが、ごくごく小さな穴が開いていているということで、少し惚け症状が始まっているということでした。ただ、検査を受けて頂いたあと、奥様がとにかく結果をひどく気になさっていて、何もなかったとお伝えするしかなかったんです」

三浦から症状を聞いた塚本は、亡くなった自分の祖母が惚けてしまっていたように、まり子が死を迎えるまで、寝たきりで動けなくなり、家族の顔もわからなくなるのかと思うと複雑な思いだった。ともあれ、相続を急がねばならない。

玄関が開くといきなり、敦子が、

「叔母さん、食費とかのお金、全然渡してくれなくなったの」

すがりつくように言った。

「三浦さんには、話しましたか?」

「うん。でも、三浦さんの渡してくれるお金だけじゃ足りないもの」

塚本の見舞いの品を、まり子は、

「果物じゃなくて、ケーキがよかったわ」

と言った。

まり子は塚本が勝や祐希を説得していないと察知したのだろう、とりつくしまもない様子で、

「家中、埃だらけよ」

敦子の掃除の仕方を叱ったあとは、二階へと消えていった。

事務所に戻ると、塚本は相続の進捗状況とまり子を見舞ったことを三浦に電話で報告した。

「勝さんにも分割協議に出席してほしいのですが、壁に飾ったピカソを一日中観ていらっしゃって、マンションから出ようとされません。遺産にはピカソの画を入れ

ないで相続の申告をするようにと言われました」

三浦も勝のマンションへは何度も足を運んでいたが、勝は出てきてくれなかった。

「わたしとしてはとりあえず、その画の価値を実際の買い値の五百万として、勇社長の総資産に加えておくべきだと思っています。そうしておけば、後で売ることになって、それが莫大な値に跳ね上がっていても、税務署に悪質と見做されて請求される、重加算税からは逃れられると思います」

塚本はピカソの画の申告を勧めた。

武光親子が互いに一歩も譲らないので遺産分割が困難を極めていることを、三浦が祐希にちゃんと伝えておかなければいけないと思っていると、思わぬ手紙が祐希から届いた。


現在、ハーブヒルズワールドのホテル、ハーブの家に来ています。友人の遺骨と一緒です。ガーデンにはペパーミントが繁り、アールグレイの匂いに似たベルガモットが美しい花を咲かせています。ホテルのバーにはヨーロッパの修道院仕込みの伝統的なハーブ酒が揃っていて、何よりの供養となりました。

逝った友人が、〝痛みって、何か楽しいことがあってそれに気を取られていると、あまり感じなくなるものなのよ〟と明るく振舞っていたのが懐かしいです。筆舌に尽くし難い痛みを伴う業病だったにも拘わらず、安らかな最期を迎えられたのは、三浦さんが送ってくれたエッセンシャルオイルを使った痛みへの緩和ケアがうまくいったからです。本当にありがとうございました。医療介助の観点からでも、ハーブに活路があるのではないかと思っています。友人を死ぬまで癒してくれたハーブのこと、ちゃんと知りたくなりました。

藤川祐希

五月二十日

TAKE食品
三浦明様

祐希からの手紙を読み終えた後、三浦は八橋京子のためにしばし瞑目した。その後ふうと安堵のため息がつい出たのは、祐希がハーブにちゃんと向き合ってくれそうなことがわかったからだった。狙い通りに事が運んでいると確信し、久しぶりに行きつけのバーで酒を飲んだ。

「カクテルB&Bをお願いします」

実は三浦と八橋はもともとハーブ原宿の客同士として知り合い、勇が死んでから急接近した。

株主である祐希にハーブ事業へ興味をもってもらい、ひいてはTAKE食品に引き入れるには、三浦の説得だけでは足りなかった。平塚の郊外で彼女のハーブガーデンを見たとき、そして勤務先が祐希と同じだったと知ったとき、人生で何かを摑むチャンスが今巡ってきたのだと三浦は確信した。

三浦は京子が自分に抱いていた少しの好意に気付いていなかったわけではない。病気の彼女を励ませればという思いもあった。しかし、祐希にハーブの魅力を伝える手伝いをしてほしいと申し出たときは、京子を利用できると目論んでいたのは確かだった。三浦のことを一切隠して京子が伝えていたハーブの知識や魅力は、確実に祐希に届いていていた。

三浦は二ヶ月ぶりに目白の武光邸に向かった。まり子の好物とは言えなかったが、刺身にできるほど上質の生湯葉を手土産にした。菓子の方が喜ぶとわかってはいたが、長きにわたる糖尿病も惚け症状の原因の一つだと、まり子を診た医者に指摘されていた。そんな相手に菓子など食べさせたくなかった。たとえ、嫌われ続けたとしても。

いつまで経っても、勇の遺産相続に進展が見られない。勇の所有していた五一％のTAKE食品株の行方もまだ決まっていない。どんなに新事業が順風満帆、万事スムーズに進み始めていても、前社長の遺産相続という大きなハードルを越えなければ、この先、会社は安泰とは言えないのだ。

まり子の症状の悪化とともに、敦子の身なりはさらにおかしさを増していた。オレンジ色の花柄があしらわれた木綿のタンクトップに、黒と白のストライプの分厚いウールスカートを引きずるようにして穿いている。

「三日にあげず誠さんが来てくれて」

敦子はまり子の世話をすることで、さらに幼なくなっているように三浦には見えた。

「来たのね」

リビングで誠と向き合っているまり子は三浦をみて仏頂面で言った。まり子は真紅のシルクでできた、ゆったりした上質のワンピースを着ていた。救いはそう痩せてきてはいないことだった。

「普段は大人しい気性の人が突然気難しくなって、周囲に当たり散らしたりすると、これは変だと思って相談に来てくれるのです。当人はいわゆるメッキ剝がれの状態です。痴呆症の特効薬はまだ見つかっていませんが、早ければ早いほど、少しは進行を遅らせることができます。ところが、常から激しい性格で歯に衣着せず、人に嫌われるようなことさえ平気で言ってのける方となると、周囲、特にご家族は、〝元からこうでしたよ〟と言い、倒れるまで全く気がつかないものですよ」

三浦は脳神経内科で聞いたまり子のこれから進むであろう症状を思って、運命の惨《むご》さを実感した。周囲は、急死した夫との離別から立ち直れないでいるとまり子を哀れんでいたが、三浦はそれだけは絶対ないと思っていた。テーブルの上ではカセットテープレコーダーが回っている。

「このところ、義姉さんに昔の話をしてもらっていたんだ。兄さんとの出会いとか思い出とかね。録音したテープを文章にして自分史を出すのも今後の治療に役立つかなと思って。兄さんと結婚した頃の義姉さん、美しすぎて近寄りがたかったよ」

誠は聞いているほうが恥ずかしくなるほどのお世辞を並べてまり子に微笑んだ。

まり子は無言で頷いた後、点けたままになっているテレビをちらと見た。昼時の民放の連続ドラマは医療物であった。

「義姉さんにまた脳の検査を受けさせたそうだね」

誠は笑い顔を作ったままだったが、その目は凍っている。三浦がまり子を他の医者に診せたことを誠に話したのは敦子だろうが、口止めしなかったのは敦子の軽い口に戸はたてられないことを知っていたからである。

「義弟の診断だけでは心配なのかい?」

「奥様は、TAKE食品の役員ですので、健康には重々留意していただかなくてはと思ってのことです。他意はありません」

三浦は淡々と告げると、不機嫌そのものの顔になった誠を無視して、まり子に向き直った。

「奥様、相続のこと、会社の株を含めて、お気持ち固まりましたでしょうか」

「わたしの気持ちはずっと固まったままよ。勝ならまだしも、あの娘には何も渡すつもりはないの」

「認知されたお子さんの権利を奪うことは、奥様にもできないのですよ」

「兄さんの遺産で、兄さんの会社なんだから、義姉さんの意志を尊重するべきだよ」

　誠が怒鳴った。

　三浦は思わず、誠が会社所有のハワイのコンドミニアムを現地の業者とつるんで十年以上又貸ししていることを、この場でぶちまけてやろうかとも思った。三浦はこの事実がわかるとすぐに勇に報告したが、勇は何も制裁を加えなかった。数字には人一倍厳しい事業家も家族にはこんなに甘いものかと当時、三浦は勇に失望した。

「TAKE食品が傾くようであっては、皆さまがお困りになると思ってお話しさせて頂いているんです。社長の逝去後、取材やテレビ出演がなくなり〝自然の宝〟の売れ行きは前ほどの勢いはありません。会社に体力があるうちに、はやく次の一手を講じたいんです」

「義姉さん、三浦が言うように新しいことに挑戦していかなくちゃいけないと思うんだ。僕にはひとつ――」

「敦子っ、もう、いつになったら、田中さん来るの？　はやく電話して頂戴」

まり子には、会社の未来を考えた三浦のアドバイスも、会話の流れに自然に溶け込ませた誠の提案にもまったく興味がないようだった。

「勝様を必ず連れて戻りますから、どうか第二回の遺産分割協議を武光家で行うことをお許しくださいませんか」

三浦の言葉にまり子はゆっくり頷いたようにみえた。

「銀座でホステスしていたときに、うちの人と出会ったのよ。そのとき、あの娘の母親と付き合ってたのを無理やり奪い取って。この男はお金の蛇口だとはっきり分かったから。あの娘のこと、うちの人と結託してずっとわたしに黙ってたんだから、三浦には会社を潰さずに死ぬまでわたしに尽くしてほしいわ」

まり子には自分に金をもたらす人間を瞬時に見分けられる野性の勘があるのかもしれない。経営についても無知蒙昧にみせて、三浦の真意は伝わっているようだった。

「そのつもりです。塚本先生とも会社の今後については話し合っておりますので、日程を決めてまた伺います」

「それとね、あの娘と会うのはそれで最後にして頂戴」

このまり子の言葉を聞いて、三浦はなぜか嬉しかった。

帰り際、門まで送ってくれた敦子が、片手を三浦に差し出した。

「あれ、そろそろないんだけど」

三浦は二ヶ月分の生活費が入った茶封筒を鞄から出して渡した。

「叔母さんが倒れたあの会、またやるんなら、夕美叔母さんたちも来たいって。この間お見舞いに来てくれたんだけど、三浦さんにそう伝えてくれって」

「わかりました。塚本先生とも相談してみます」

まり子のような強欲さも大胆さもない妹たちの親身な助言により、この相続の展望が開けてほしいものだと三浦は願った。三浦が帰って行った後も、誠は再びまり子との昔話に熱心だった。

「義姉さんの故郷はこのところ、健康食でもある自然食で脚光を浴びている、あの山間地でしたよね。故郷の山や河川についての話を聞かせてください。なつかしいでしょうから」

「あたしの故郷はここだけよ」

まり子はむすっとして言い切ると、急に椅子から立ち上がり転倒しかけ、

「あ、危ないっ」

駆け寄った敦子の後ろ足がもつれ、まり子も敦子も共に転んだ。


武光邸を出た誠は、目白駅近くの酒店でジャックダニエルを買った。麻布にある勝のマンションを訪ねることになっている。何度も電話をしてやっと通じた勝に、画というものはどんなに高価なものでも然るべきルートでなければ売れないから、力になりたいと伝えていた。誠が武光家へ出向いてテープを回し続けているのには魂胆があった。自分史の次には、相続人に誠の名が入った遺言状をまり子に書かせたいと思っているのだ。だが、まり子は予想に反して、思い出にもそれを活字にすることにも興味が無かった。聞いてくるのが医者の誠なので、仕方なくつきあっているかのような、退屈極まりない様子でいる。足が動けば貧乏ゆすりをしていたとしても不思議はなかった。

まり子は惚けているようでそうでもない。自身の遺言状のことなど持ち出したら、〝わたしはまだ生きてるんだよ〟と怒り心頭に発して、怒鳴りつけそうな気がする。このままでは、まり子が受け継ぐであろう兄勇の遺産は、何一つ自分のものにはならないかもしれないという不安が勝への電話に導いたのだった。

「また早退？　森さんこの頃休みが多いわよ」

経理課長から注意を受けてはいたが、この日も森弘美は形だけ詫びて、新宿のデパートへと急いだ。勝の夕食を作るための買い出しである。

富山行きで弘美はとっくに勝に愛想が尽き、結婚は願い下げと決心していた。それでいて、ウイークデーの一日と土日のどちらか、計週二回、勝のマンションまで通って行く目的はただ一つ、ピカソの画の分け前に与りたいからであった。そうでもしなければ間尺に合わなすぎると思っていた。

勝は特殊で頑丈な紙の筒にしまわれていたピカソの画を、自分でカンバスに直してリビングに飾っている。

「いいか、おまえ、絶対動かすなよ。こいつにちょっとでも傷つけたら殺すからな」

　画が心配だと言い、勝はマンションから一歩も外へ出ようとしなかった。

「絶対、何とかなる。あの画をわたしの物にする」と弘美は自分を励ますかのように決意を新たにすると、前を歩いている男が勇の弟の誠であることに気づいた。勝のマンションまであと十五メートルほどの場所であった。早足で歩いていた弘美は五メートルほどそのまま進んで立ち止まった。このままではすぐに追いついてしまう。誠が手にぶらさげているものが形状でわかった。包装されているが中身はきっと酒である。弘美はゆっくりとした足取りで、相手とはほぼ三メートルの距離を保って歩き続けた。

　誠が勝のマンションへと入った。咄嗟に弘美は走って追った。考えてみれば弘美は誠を知っているが、誠の方は一女子社員の弘美など知らないはずだった。躊躇したのは馬鹿げていた。

　弘美は誠と一緒にエレベーターに乗り込んだ。相手は一度も弘美の方を見ようとはしなかったが、失望などしなかった。弘美はふと、この男と勝はどこか似たところがあると直感した。

弘美は誠が勝の部屋の前に立って、インターホンを押し、中に消えるのを見送ってからエレベーターで一階に下りた。自分の読みが間違っていないとしたら、今夜ほど、あの画を自分の物にするうってつけのタイミングはなかった。

誠がジャックダニエルを差し出すと、勝は早速オールドファッショングラスに注いだ。すでにというよりもいつからともなく飲んでいたものと思われる。勝は一気に呷り、ふうとため息をついて満足そうに話し始めた。

「これほどのものがこんな近くで見られるとは思ってもみなかった。これはさ、少年ピカソの作品だからこそ、最高傑作なんだ。美術史に名を残すような画家たちなら、おそらく誰でも修業を積みに積んでの円熟期に至って、これぐらい老練な古典的作品を描けると思う。けれども、ピカソはまだ少年だったんだぞ。少年でここまでとはまさに奇跡だ」

その間、誠の目はピカソの画に釘付けになっていた。

「叔父さんなら伝手があって高く売れるんだよね。でも、俺、親父の他の遺産も入るから、ずっとここに置いときたい気もする。こいつ、俺の分身みたいでさ。俺、ここでこれ見てると自分がやっぱり、ピカソと同じ天才なんだって、思えてきて、ぞくぞくするほど幸せなんだ」

勝はにたりと不遜な笑みを浮かべた。誠は無性に腹が立つのをひたすら押し隠して、この画の売却に関わる仲介料のための辛抱なのだと割り切ろうと決めた。

「遺産は全部、自分のものだって、義姉さんは今でも言ってるからね。義姉さんやあの娘が、画も寄越せなんて言い出す前に、早く売るに限るよ。スペインに幾つもあるピカソ美術館が引き取るかもしれないし、アメリカ人が良い値で買いたがるかも。日本人だってあるとこにはあるしね。何はともあれ、円が強い今が売り時だ」

「嫌だよ。これ、どっかに行っちゃったら、俺、もう、自分のこと天才だなんて思えなくなっちゃうよ。これは天才ピカソがくれた、ピカソになれる俺のお守りなんだよ」

誠は話を現実に戻したつもりだったが、勝はごくごくと喉を鳴らして酒を飲みつつ、ひたすら支離滅裂な話に酔い痴れた。

こんな奴が濡れ手で粟の幸運と富を掴むのか？　俺はこいつほど酷くはなかったはずだ。何であんなに苦労人で遣り手だった兄さんに、勝のような出来損ないが生まれたのか？　誠は思わず勝の童顔に義姉まり子を重ねていた。〝いい加減にしろ〟と怒鳴る代わりに誠はジャックダニエルを勝の手から奪ってラッパ飲みした。もとより誠は酒がそこまで強くない。だが、それでもよかった。

弘美がマンションの部屋に合い鍵を使って入った時、すでにリビングの床にはジャックダニエルの瓶が転がり、ソファーの上で男二人が完全に酔い潰れていた。弘美は思った通りになった、万事順調だと内心ほくそえんだ。

まずは額に入っているその画を、用意してきた大きな白木綿の袋に入れた。

「いつも生ピカソを観ていたいんだ」

勝はガラス越しの鑑賞を嫌ったので、幸いにも額にガラスは嵌め込まれていなかった。おかげでそれほど重くない。寝室へと向かい、クローゼットの中にしまわれていた、保管用の太い紙筒をもう一つの袋に移した。とりあえずは住んでいるアパートに帰り、木枠から外した後、筒に入れるつもりでいた。ここまで五分と時間はかからなかった。

深夜とはいえ麻布なのでタクシーはすぐに止められた。若い運転手は機嫌良くト

ランクを開けてくれたが、

「いいのよ、徹夜覚悟で仕上げかけてたお客さんのドレスだから」と弘美は笑顔で断った。木枠に収まっている十号の画は、あと少しで仕上がるドレスが、畳まれて入れられている大きな箱のようにも見える。

この画と共に自分は生まれ変わるのだ。弘美は突然の失踪を装うことにしたので、部屋は暮らしていたままにしておくことに決めた。しばらくは両親が娘の帰りを信じて家賃を払い続けるだろうが、そのうち諦めて整理してくれるだろう。律儀な両親のことだからＴＡＫＥ食品にも退職の挨拶に行くかもしれない。だが、もうそんなことには自分は関係がない。しみったれた両親の暮らしぶりも、墓のことまであれこれ細かく考えている人生計画も何もかも嫌で仕様がなかった。

やや興奮気味ではあったが、弘美は細心の注意を払ってその画を木枠から外すと、新庄が扱っていた通りに丁寧に巻いて筒に入れ、中で転がって表面に傷などできないよう、筒の最大幅を計測して買った子ども用のゴルフクラブバッグに忍ばせた。それでも、ぴったりとはいかず、どうしても隙間ができてしまうので、転がり防止のために、バッグの中の筒の周囲にエアーキャップを詰めた。

すでに必要な着替えなどを入れたスーツケースは成田空港近くの予約してあるホテルに届いているはずだった。家に戻って最初にすることは、新庄への電話だと決めていた。ゆっくりと化粧を直した弘美は夜が白みはじめた翌朝早く、タクシーに乗ってホテルへと向かった。


この朝、三浦はまず、勝の泣き声を聞かなければならなかった。

「俺のピカソが盗まれたんだ」

勝はすでに泣き声だった。

「昨日の夜、叔父さんが来てたんだ。画を高く売る秘訣があるというんで会った。叔父さんが盗んだんだよ」

医師の犯罪は医師免許剝奪につながる。仮に名画を我が物にしたいという野心が誠にあったとして、大学病院の役職を棒に振ってもいいとは考えないはずだった。

「勝様に売る気はあったのですか？」

勝を落ち着かせるためには、話を少しそらさなければいけない。

「いつかそんな日が来るかもしれないとは思ってたけど、今すぐは嫌だった」

「それならなぜ、会われたんです？」

「弘美と二人で観てるだけじゃ、つまんなくなってて」

「弘美とは？」

関係は想像できていたが三浦は勝の口から確かめたかった。

「経理課の森弘美だよ」

勝は、多少冷静になってきた。

「これから事実関係を調べますので、はっきりするまで警察に行くのはしばらくお待ちください」

三浦は厳しく釘を刺した。すぐに、経理に確認すると弘美は最近、欠勤が多くて今日も会社を休んでいることが分かった。誠にも電話したところ、二日酔いならではの不機嫌この上ない声で迷惑がられただけだった。弘美の自宅を訪ねるべきかどうか思案していると、銀座にある高山画廊のオーナー高山秀光《ひでみつ》から直々に電話があった。

「本来なら会ってお話しするべきことなのでしょうが、なにぶん、急を要することでして」

高山秀光とは勇を介して何度か会ったことが三浦にはある。取引相手への贈答品として何点か、勇に頼まれて吟味しに通ったこともあった。気難しい画家たちや、金に飽かして名画を収集する客たち相手の仕事とあって、高山秀光は腰が低かった。

画廊らしく洗練された社長室の電話の前で、やや小太りの高山秀光が汗だくになっている様子が、三浦には見えるようだった。

「実は先ほど、武光勝様より、預からせていただいていた画の保険金を、わたくしどもで支払うようにとのご請求がございました。盗難に遭ったとのことですが」

「申し訳ありません」

勝が非常識な言動をするのは、想定内だった。

「当方ではお預かり品についての保険は掛けてはおりませんし、お勧めもしておりません。預けられた画があまりに高額なので、個人で保険を掛けられるお客様もおいでですが、ごく稀です」

「先ほど、わたくしも聞いたばかりで、警察に相談する前にいろいろと状況を整理しなければと思っていたところでした」

「新庄がしっかりお伝えしているかと思うのですが、あの少年ピカソの画は、当画廊が頼んでいる目利きの何人かによる判断だけなので、今のところ、真作であるかわからないのです。何しろ、写実派の老練な画家なら誰でも描けそうな古典的テクニックですから。後は真作であるかもしれない可能性を秘めたこの画が、どのような運命を辿るかは、この先、どんな画商の手を経るか、画商についているコレクターたちがどれほどの人たちなのかによって決まります。それからピカソの夭折した妹の存在こそ知られてはいるものの、モデルとなった従姉はまだ見つかっていません」

勝が、新庄の説明を最後まで聞かず、ピカソの作品と思い込んで興奮しきってしまった様子が目に浮かぶようだった。

「盗難に遭った御子息は大変お気の毒だとは思います。けれども、保険を含め、わたくしどもに落ち度などなかったことだけは、どうかお認め、ご了解いただきたいのです」

連絡を受けた塚本がTAKE食品に到着した頃には、弘美がアパートにいない事実がはっきりしていた。

八橋京子を送った後、祐希には静かな時が流れていた。京子が例のプリンス・エドワード島の家賃を四月から一年分前払いしてあったので、祐希は週末をここで過ごした。祐希の裡《うち》で京子は死んではいない。京子の好きなバラの香りが母との思い出を運んでくることもあった。

今日はいよいよ第二回遺産分割協議の日だった。法定相続人は全員揃い、まり子の三人の妹たちも出席すると塚本から聞いて、今回はまり子側の勢力が強いことが気がかりだった。

祐希は、前よりもＴＡＫＥ食品にかかわりたい、勇の遺した事業を少しでも先に進めたいという気持ちが大きくなっていた。もらえる遺産以上に、教師では考えられなかったような選択肢があることが幸せだった。

仏壇に手を合わせて、線香を上げた後、リビングで会ったまり子は上座に牡丹色のガウン姿で座っていた。まり子は半年ほど前とは異なり、ほとんど無表情だった。化粧気のない素顔が乾いてくすんでいる。以前、色黒の肌は艶があって若々しく艶《なま》めかしかったが、今では色白の祐希よりも青白かった。

寝不足の様子をみせる勝が二階から下りてきた。ふて腐れて椅子には腰かけず、絨毯の上で胡座をかいた。膝頭を動かして変わった貧乏ゆすりを続けている。最初に会った時とは印象が異なり、ずいぶん老けたように見えた。

三浦は電話でやり取りした画商高山秀光の真贋についての話を交えながら、今回の出来事を簡潔に伝えた。

「以前、富山の高山画廊に勇様が預けられた名画も、総資産に加えなければならないと申しましたが、紛失いたしましたのでその必要は無くなりました。買い値の五百万も総資産に加えずに済みました」

塚本が告げた。

「なくなったんじゃない、盗まれたんだぞ」

祐希は勝の声を初めて聞いた。

「ピカソに限らず、出物の安い名画はほとんど贋作だということね。そんなこと、世間に知れたら確かに格好悪いわね。その女子社員が犯人なのだったら尚更よ」

夕美の言葉に、誰もが納得した顔になった。

「弘美なんかじゃない！」

勝はいきなり大声を出した。その間、まり子は無言だった。以前なら、価値がある画の話に興味がないはずはなかった。倒れる直前も〝それもわたしの物〟と満面の笑みだった。

「奥様、以前にもお話ししたように全てを相続なさるには無理がございます。それで最も異存が少ないはずの法定相続にご納得いただけるとして、法定相続人各々の方の相続税額を算出してみました」

塚本のこの言葉に、

「他人からとやかく言われたくないわ」

まり子は不満の声をあげてはみたものの、その先は続かなかった。

三人が法定相続をした場合の相続分と相続税額が記された紙が法定相続人以外の三浦やまり子の妹たちにも配られた。

遺産総額　十億一三二五万六六二四円　基礎控除　六四〇〇万円　その他の控除額　三二〇〇万円　課税遺産総額　九億一七二五万六〇〇〇円

・武光まり子様　相続額　四億五八六二万八〇〇〇円（税額　二億五二九〇万八

二〇〇円)
・武光勝様　相続額　三億五七五万二〇〇〇円（税額　一億五三五三万八八〇〇円)
・藤川祐希様　相続額　一億五二八七万六〇〇〇円（税額　六一三八万一八〇〇円)

「各人の法定相続分に税率を掛けて、控除額を引いた金額です。この合計金額四億六七八二万八八〇〇円を基にして各人の相続分の税額が決まります。但し、奥様は配偶者でいらっしゃいますので、二分の一までの相続分または八千万円のいずれか大きい金額に対応する税額は非課税となります」

すでに塚本からおおよそを聞いていた三浦はちらと数字を眺めただけだった。

玄関で、敦子が誰かと会話しているようだった。

「やっと来たね」

見開いた目で空を睨んでいるかのようだったまり子がもぞもぞと立ち上がり、あわてて駆け寄った夕美が支えた。

「どなたがおいでなのですか?」

　塚本が尋ねると、知代が答えた。

「三つ星銀行の方です。昨日、わたしたちがここへ来た時、まり子姉さん、その銀行に電話で怒鳴ってました。〝銀行の人間が横領してるんじゃないの? 今すぐ耳を揃えてあたしのお金、返しなさい〟って。姉さんはそう信じてるんだけど、信用買いとかで相当株に注ぎ込んでたみたいだから、ようは株でお金をすっちゃってるってことじゃないのかしら?」

　信用取引とも言われる信用買いは、証券会社からお金を借りて株式を買うというもので、証券会社に委託保証金として預けている現金を担保にして、株式の買付代金を貸してもらう投資方法であった。危険な理由は、手持ち資金の何倍もの金額まで株が買える反面、株価が下がれば現物取引にはない自己資金以上の損失が発生するからである。

　夕美が銀行員たちを家の中に招き入れた。三つ星銀行の二人の行員のうち、一人は法人部門担当の定年近いベテランで三浦とは何度も顔を合わせていた。

「お電話でも申し上げました通り、今回ばかりは奥様のご希望には添いかねるのでございます」

「どうして？」

まり子は細くなった顎をぐいと引くと、もう一人の若い行員はへどもどしながら通帳記録を見せた。

「ちょっと三浦、この数字を読んでみて」

まり子に促されて、記録されている残高の最後の行を読んだ。

「八〇万三九〇〇円です」

「間違いはないわね」

「はい」

「横領じゃない？　三億あったのよ、この口座には。この期に及んで何て往生際が悪いんだろ」

相手にかっと目を剥いたまり子の視線は、これ以上はないと思われるほど鋭く、以前の正気を取り戻したかのようにも見えた。

「そうおっしゃられても、このように奥様の預金口座からは、半年毎に精算を迫る二社の証券会社から現金が引き落とされているのです。日商証券、二千万円出金、プレジデント証券、四千万円出金」

まり子の預金口座には当初三億円以上あった。一冊目の終わり近くまでは精算の際、証券会社からの振り込みがまり子の投資額を上回っていた。三億円が四億円近くに跳ね上がっていた時もある。

「そんなわけないでしょ」

まり子は読み上げる若い行員を、蘇った女豹の目で睨み据えた。

「まことに申し上げにくいことではございますが、当行が武光まり子様に融資させていただいている一億五千万円については、勇様の御遺産相続後、追って、返済計画を立てていただきたくお願い申し上げます」

ベテラン行員は過不足なく言うべきことを言って帰ろうとした。

「今日は、お送りいたしますわ。そのうち、お食事でもしながらゆっくりお話ししましょう」

この時まり子はよろよろと立ち上がると、蠱惑的な微笑みを二人に投げた。困惑気味の行員たちに、三浦が目を伏せて大きく頷いて見せ、はやく立ち去るよう玄関のほうへとあごをしゃくった。

しかし、玄関先でも、まり子は行員たちを詰《なじ》っていた。

「横領よ、横領に決まっている」

「やはり、最初から三浦さんが案じていた通りになりましたね」

仕事柄、塚本は淡々と受け止めて、勝にまり子の状況や病状を正確に説明したほうがいいと三浦に耳打ちした。権利ばかり主張する勝のことだから、相続税は母親が払ってくれるものだとばかり思い込んでいることだろう。

「嘘だろう？　あのどケチなおふくろが株で億の借金を作ってるなんて、俺、死んじゃうよ、死んじゃう」

塚本は、まり子と勝はあまりにも世間知らずで、世の中で最も醜い人種だと思った。ここまで世間知らずだと社会性や常識だけではなく、自分のことが全く見えない。ゆえに無視する法律の重さや自身の貪欲さにも気づかずじまいなのだ。

「遺産分割協議書は期日である五日後の六月十二日までに提出しなければなりませんが、相続税も同様です。期日までに法で決められた税額を現金一括で税務署に振り込まねばなりません」

塚本は厳しい現実を話した。

「現金一括とは知らなかったわ」

「分割はないんですか？」

知代と則江は、それぞれ不安な面持ちでいた。

「現金一括でない限り延滞です。延滞税は期日より二ヶ月までが七・三％、それ以降の年利は一四・六％です。銀行利息はこれより低いので銀行から借りることをお勧めします。ついては適した銀行をわたしどもがご紹介いたします」

戻ってきたまり子に、

「叔母さん、どうしたの？　あたし、叔母さんが株とかで損してたの、知ってたの。でもさ、自分のお金、使っていったい何が悪いのっ？」

敦子だけがしきりにまとわりついていた。法定相続に異論がなかった祐希は、その場で実印を押せば済むのにと、この意味のない時間を過ごすのがやるせなかった。

「誠さんは、今日は来てないの。いてもらってもいいのに」

敦子がつぶやいた。

「あいつが来るなら、俺はここにいるつもりはないから」

勝が怒鳴った。

「偉そうなこと言って。ピカソももうないんだから、わたしは勝がいなくても平気よ」

まり子は息子をなだめるでもなく、冷たく言い放った。塚本は、勝に出席してもらうための今日までの苦労が水の泡になるのが悔しくて、誠は法定相続人ではないので遠慮してもらった旨を伝えた。

敦子が全員にショートケーキとお茶のお代わりを持ってきてくれたおかげで、親子喧嘩に発展するのは防げた。祐希は、こんな高カロリー糖分過多のものを、病気のまり子が食べて体を悪くしないのだろうかと気になった。まり子とその妹たち以外、誰も手をつけないので、敦子は少し不機嫌だった。

「奥様、先ほどの証券会社の件は、わたくしが後で詳しく話を聞いておきますので、今日は相続の問題を片付けましょう。いつまでもご家族で揉めていては、社長も浮かばれません」

「あなたは家族じゃないのに、いつも出しゃばるのね」

まり子は三浦を叱り、同じく説教が嫌いな勝も、うなずいていた。まり子と勝にとって勇が、家ではお手伝いの敦子ほども存在感がなかった理由が三浦にはよくわかった。世間の常識や人の気持ちを理解できない相手と生活していたら、コミュニケーションを取らないほうが疲れないのだ。

「一括即金の相続税はTAKE食品がプールしてある内部留保から、無利子で法定相続人の皆様方に融通し、相続が実行された際、塚本弁護士会計事務所を経て会社の口座に返却していただきます。このようなやり方が、妥当に思えます」

・武光まり子様　勇様名義の預金、高岡市内の勇様名義の生家、軽井沢の別荘、株式会社TAKE食品より勇様への死亡退職金の二分の一、生命保険金の二分の一、勇様所有の自社株一〇％分
相続額　四億二〇一〇万一〇四八円（相続税なし）
正味相続額　四億二〇一〇万一〇四八円
・武光勝様　目白武光邸
相続額　三億三〇一四万三二三一円（相続税　一億五七四〇万七〇〇〇円）

正味相続額　一億七二七四万二五三一円

・藤川祐希様　株式会社ＴＡＫＥ食品より勇様への死亡退職金の二分の一、生命保険金の二分の一、勇様所有の自社株四一％分

相続額　二億三一〇一万二三四五円（相続税　一億一〇一三万八五〇〇円）

正味相続額　一億二〇八七万三八四五円

「法定とは異なる分割ですが、これが最も現実的だと思われます。税金額は納める時のために、千円未満は切捨ててあります」

そう言って、塚本は三浦に指示された紙を全員に渡した。まり子はほとんど読めないので、則江が声に出して読みあげていた。祐希は自分が相続する株の割合が桁外れに多いことに驚いた。それはまり子や勝も同じだった。

「おかしいだろ、なんでこの女に株がこんなにいくんだよ」

勝に怒鳴られようと、堂々とした態度を崩さない三浦を見て、塚本は彼がいる限りＴＡＫＥ食品の顧問弁護士を続けようと思えた。

「祐希様を、ＴＡＫＥ食品の大株主にしてもらいたいんです」

三浦は澄みきった声ではっきりと告げた。

この遺産分割協議の前日、三浦から話を聞いた塚本は長年社長の補佐として懸命に働いてきた男の野心を知った。勇の死後、ハーブ事業へ関心を持つよう祐希に情報を与え、商品開発も着々と進めていた。武光家が散々、踏み荒らし過渡期に来ている会社を、一から自分の手で作り直したい三浦の熱意が塚本には伝わった。

そのために、一族の跡取り候補として祐希に、会社の新規事業を手伝ってもらうのだ。他の遺産分割には応じても、株の割合だけは祐希を一番多くしないといけないと三浦はきっぱりと言い切った。

「これはどういうことなの？」

まり子は倒れたときと同じような勢いで、塚本に詰め寄った。

「病院で、わたくしはちゃんと見ておりました」

三浦はまり子にしか視線を向けずに話した。

「何、何を見たっていうんだよ」

勝は三浦の態度が気に入らなかった。三浦を拾ったのは親父なのに、どうしてこの男は恩義を台無しにするようなことをするのかと睨むしかなかった。しかし、いつもだったら、三浦の物言いに怒鳴り散らすまり子は、無表情のまま黙っていた。

「奥様、ここに捺印していただくしかありません。祐希様をひいきした株の割合ではないんです。奥様がこの前おっしゃっていたお金の蛇口を、祐希様とわたくしならもう一つ作って差し上げられる準備ができるからです。わたくしたちなら社長の代わりになれます。奥様の暮らしぶりは今まで通りです」

「叔母さん、叔母さん、あの娘がなんで得するの？」

敦子を黙らせるため、則江は敦子にお茶のおかわりを頼んだ。

三浦が奥様は自分が説得すると話したとき、塚本はいくぶんほっとした。

昨日の時点で説得材料が何かを聞いていなかったため、どのようにこの話が進むのかわからず戸惑っていた。塚本と同じ表情を浮かべていた祐希は、三浦の言葉に耳を疑った。病院で何を見たのだろうか、父が亡くなったときのことか、まり子が倒れたときのことか。口を挟むような空気ではなく、一同には緊張感と猜疑心が漂っていた。

「その時もこれからも黙っているのは、奥様に感謝しているからです」

相続が落ち着いたら、高岡にある勇の生家をＴＡＫＥ食品が買い取ってハーブガーデンにするので、祐希にも一緒に行こうと誘ってくれた三浦とは別人のように不敵な表情を浮かべていた。まり子は少女のようににっこり笑ったあと、ようやく口を開いた。

「話したことあったかしら？　私は女優にならないかってスカウトされたことがあったのよ」

祐希はそうだったのかと納得したが、この話を聞いたことがないのはその場で祐希ひとりだけだった。

「私が女優になっていたら、悲劇だけは演じなかったと思うわ。夕美もそう思うでしょ？」

夕美は突然訊かれてぎょっとしたが、頷いた。

「敦子、実印持って来なさい」

納得できない勝は、俺は賛成しないと言い張っていたが、まり子なしでひとりで闘える力など彼にはなかった。説得を続ければ、いずれ勝は根負けするだろうと踏んだ塚本は、ようやくこの武光家の相続問題から解放される道筋ができて表情が明るくなった。塚本から渡された紙をじっと見つめているまり子は、祐希が初めて会ったときに圧倒された凄まじい美しさを甦らせていた。

三浦はまり子が捺印したのを見届けて、ひとり武光邸から先に出た。祐希が聞きたいことがあると玄関までついてきたが、今は急いでいると言って振り切った。これからの新規事業への計画が膨らむ一方で、この一族の相続問題にこれ以上時間をかけている場合ではなかった。

三浦には勇の死を悼む気持ちもあったが、同時にその死が好機だとも思えていた。三浦は、ファーストハーバーホテルのスイートにずっと居たはずのまり子が二日目の深夜、そっと勇の病室へと入っていく後ろ姿を見ていた。声を掛けなかったのはまり子のすることとの見当がついたからだった。

まり子は覚えてもいないだろうが、急用ができた勇の代わりに三浦は〝風と共に去りぬ〟の舞台を、まり子や敦子と共に観劇したことがある。

あの至福の時間を、三浦は片時も忘れられなかった。

まり子が〝風と共に去りぬ〟を好んだのは、生命力の塊スカーレット・オハラに自分自身を投影していたからだと思う。二十年近く勇や会社を支え続けた私など、気にかけてみる価値もない端役だっただろう。まり子が私を男として認めたことなど一度もなかった。

何一つとして報われることがなくとも、強く、手強《ごわ》く、少しの油断もできない女豹の美しさとしたたかさを秘めたまり子のそばにいるだけで充分だと思ってきた。

しかし、これからは違う。まり子が、何よりも男に求める財力をやっと手に入れられる。武光勇の娘であり、生真面目な祐希を会社に取り込んで新規事業を成功させられれば、ようやく、私も五十歳をすぎてTAKE食品の金を自由に、そして、まり子の瞳に映ることができるのだ。

三浦は久しぶりに空を見上げて、いつもより鮮明に感じる景色を味わった。

参考文献

『印象派美術館』（島田紀夫監修／小学館）
『ピカソ　その生涯と作品』（ローランド・ペンローズ著、高階秀爾・八重樫春樹訳／新潮社）
『ピカソ全集』（神吉敬三編／講談社）
『ハーブの花アルバム』（ハーブス編集委員会編／誠文堂新光社）
『ハーブオイルの本』（和田はつ子著／農山漁村文化協会）
『アロマテラピーわたし流―ストレスタイプ別、香りの選び方作り方』（和田はつ子著／農山漁村文化協会）
『フレッシュハーブティーの本』（和田はつ子著／農山漁村文化協会）
『アロマテラピー』（ロバート・ティスランド著、高山林太郎訳／フレグランスジャーナル社）
『アロマテラピーのための84の精油』（ワンダ・セラー著、高山林太郎訳／フレグランスジャーナル社）

『自然香水』（クリシー・ワイルドウッド著、高山林太郎訳／フレグランスジャーナル社）

取材協力
弁護士法人リーガル東京・税理士法人リーガル東京

この作品は書き下ろしです。原稿枚数403枚（400字詰め）。

幻冬舎時代小説文庫

●好評既刊
はぐれ名医事件暦
和田はつ子

医学の豊富な知識と並外れた洞察力を奉行所に買われ、変死体を検分することになった蘭方医・里永克生。死体から得た僅かな手がかりを基に難事件の真相を明らかにする謎解きシリーズ第一弾。

●好評既刊
はぐれ名医事件暦 二
女雛月《めびなづき》
和田はつ子

出産直後に殺された若い女の骸が発見される。自死と片付ける奉行所に不審を抱く蘭方医・里永克生は、玉の輿を狙った娘達が足繁く通う甘酒屋の噂を耳にして、事件の解明に乗り出す。

●好評既刊
はぐれ名医診療暦 春思の人
和田はつ子

江戸に帰還した蘭方医・里永克生は、神薬と呼ばれる麻酔を使った治療に奔走する。一筋縄ではいかない病と過去を抱えた患者たちの人生を、負けん気の強い愛弟子・沙織らと共に蘇らせていく。

●好評既刊
お悦さん
大江戸女医なぞとき譚
和田はつ子

出産が命がけだった江戸時代、妊婦と赤子を一流の医術で救う女医・お悦。彼女が世話をしていた臨月の妊婦が骸になって見つかった。真相を探るうちに大奥を揺るがす策謀に辿り着いてしまう。

●最新刊
破綻の音
町奉行内与力奮闘記九
上田秀人

南町奉行が無宿者狩りを始めた。胡乱な輩を捕縛して手柄を立てるのが狙いかと思いきや、北町奉行曲淵甲斐守を追い落とすための驚愕の思惑が。内与力・城見亨に凶刃が迫る！　衝撃の最終巻。

幻冬舎文庫

●最新刊
捌き屋　一天地六
浜田文人

鶴谷康の新たな仕事はカジノ（ＩＲ）誘致事業への参画を取り消された会社の権利回復。政官財と裏社会の利権が複雑に絡み合うその交渉は、想像を絶する事態を招く……。人気シリーズ最新作！

●最新刊
君は空のかなた
葉山　透

新人編集者の雛子は、宇宙オタクの高校生・竜胆君に取材をすることに。並外れた頭脳と端整な容姿を持ちながら、極度の人間嫌いの彼は、引きこもりながら〝あの人〟との再会を待ち望んでいた。

●最新刊
金継ぎの家　あたたかなしずくたち
ほしおさなえ

高校二年生の真緒は、祖母・千絵が仕事にする、割れた器の修復「金継ぎ」の手伝いを始めた。ある日、見つけた漆のかんざしをきっかけに二人は旅に出る——。癒えない傷をつなぐ感動の物語。

●最新刊
チェーン・ピープル
三崎亜記

名前も年齢も異なるのに、同じ性格をもち同じ行動をする人達がいる。彼らは「チェーン・ピープル」と呼ばれ、品行方正な「平田昌三」という人格になるべくマニュアルに則り日々暮らしていた。

●最新刊
ＥＳＰ
矢月秀作

国立の超能力者養成機関・悠世学園で一人の男子生徒が実技訓練中〈力〉を暴発、ペアを組んだ女子とともに行方不明となり国家を揺るがす大事件に。抑え込まれた〝何か〟が行く先々で蠢く。

わらしべ悪党《あくとう》

和田《わだ》はつ子《こ》

令和元年10月10日　初版発行

発行人――石原正康
編集人――高部真人
発行所――株式会社幻冬舎
〒151-0051東京都渋谷区千駄ヶ谷4-9-7
電話　03(5411)6222(営業)
　　　03(5411)6211(編集)
　　振替00120-8-767643
印刷・製本―図書印刷株式会社
装丁者――高橋雅之

幻冬舎文庫

ISBN978-4-344-42911-6　C0193　わ-11-5

幻冬舎ホームページアドレス　https://www.gentosha.co.jp/
この本に関するご意見・ご感想をメールでお寄せいただく場合は、
comment@gentosha.co.jpまで。